Bernd Meierrieks

Der Winzer von Sanssouci

... und draußen in den Bäumen

krächzten die Krähen.

Erzählung

Ich danke

Frau Sandra Paetzold aus Beelitz für
die gewissenhafte Korrektur
des Manuskripts.

© 2021 Bernd Meierrieks

Herstellung und Verlag

BoD - Books on Demand, Norderstedt

Titelphoto: Lupo, pixelio.de

ISBN: 978-3-7543-3203-0

Bibliographische Informationen der Deutschen Nationalbibliothek

Die Deutsche Nationalbibliothek verzeichnet diese Publikation in der

Deutschen Nationalbibliographie.

Martin hatte die Augen zu einem schmalen Spalt zusammengezogen. Er blinzelte der aufgehenden Sonne entgegen. Sie tauchte den Weinberg in das goldene Licht des erwachenden Tages. Der junge Winzer kontrollierte den Zustand der frisch gepflanzten Rebstöcke. Über sie hinweg war des Nachts ein heftiger Sturm gebraust. Auf den ersten Blick schien alles in Ordnung zu sein. Die Stöcke standen in Reih und Glied.

Er schaute genauer hin. Ein Aluminiumpfosten hatte sich aus dem Rebenspalier gelöst und steckte nicht mehr tief genug im Erdreich. »Kein Problem«, murmelte der Winzer, bückte sich, hob einen Stein auf, schlug zu und rutschte ab. Das Metallprofil traf den Mittelfinger. »So´n Mist«, fluchte Martin leise und schaute auf den Blutstropfen, der aus seiner Fingerkuppe hervorquoll, unaufhörlich anschwoll und sich endlich wie ein dunkelroter Sturzbach über die Hand ergoss. Die hatte er in die Höhe gereckt, um die Blutung zu stillen. Vergeblich. Stattdessen breitete sie sich auf dem Arm aus und färbte seinen Hemdsärmel schmutzigrot. Er klebte nass und schmierig am Arm. Martin nestelte die Manschette auf und rollte den Ärmel bis zum Ellenbogen auf. Dort, wo die Blutspur zum Erliegen gekommen war und sich in den Hautfalten als angetrocknete, zähe Masse versammelt hatte. Martin eilte ins Winzerhaus, um die Spuren seines Missgeschicks unter der Dusche zu beseitigen. Er öffnete die Eingangstür und wandte sich der Treppe zum ersten Stock zu. Zur Wohnung, die ihm seit der Anstellung zur Verfügung stand. Im Erdgeschoss residierten Hans-Ulrich Waika, Chefgärtner von Sanssouci und seine Frau Viola Waika-Bredenbach mit deren gemeinsamer Tochter Wanda.

Der 17-jährige Teenager schnallte mit weitausladendem Schwung den Rucksack mit seinen Schulsachen auf den Rücken. Sie verfehlte knapp Martins Kopf, schnappte sich im Flur das Fahrrad und schob es nach draußen auf den Kiesweg, um zum Einstein-Gymnasium in Potsdam zu radeln. Dem Winzer mit dem blutverschmierten Arm schenkte sie keine Aufmerksamkeit. Nach etwa zehn Metern bremste sie abrupt ab. Die Kieselsteine unter ihren Reifen stoben zur Seite und bildeten eine lange Spur, die dem sorgfältig geharkten Weg eine hässliche Wunde zufügten. Sie drehte sich auf dem Sattel um und rief mit glockenheller Stimme »Guten Morgen, Martin«. Der reckte den unversehrten Arm in die Höhe und lachte zum Gruß. Er sagte nichts. Er wandte sich zur Treppe.

Kaum hatte er die erste Stufe erreicht, öffnete sich die Tür zum Domizil des Chefgärtners. In die Halle hinaus trat Hans-Ulrich Waika. »Was ist passiert, Martin?«, fragte er besorgt, als er dessen blutverschmierten Arm gewahr wurde. »Ist nicht weiter schlimm, Chef«, entgegnete der. »War meine eigene Dummheit.« »Nee, lass mal, Viola sollte sich das ansehen. Sie hat als Krankenschwester gearbeitet, bevor sie sich in mich und den Garten verliebte. Einen Winzer mit Blutvergiftung kann ich hier nicht gebrauchen.« Er sagte das in einem Ton, der keinen Widerspruch duldete. Martin Lorenz fügte sich und blieb in der Halle stehen.

Viola, die ihren Namen gehört hatte, trat hinzu und sah die beiden Männer fragend an. »Martin hat sich verletzt, kannst du mal nach seiner Wunde sehen?« »Ja, klar. Kommen Sie, Herr Lorenz, wir gehen zu uns hinein, da ist das Licht besser und Sie können sich hinsetzen.« Sie führte ihn in ihr prächtiges Heim und bugsierte ihn ins Bad. Martin staunte. Das Badezimmer allein war so groß wie seine Wohnung. Der Waschtisch, vor den Viola ihn auf einen Hocker setzte, bestand aus sandfarbenem Marmor, durch den sich weiße Äderchen zogen, unauffällig, aber sichtbar. Auf den sanft geschwungenen Armaturen entdeckte er das diskrete Logo einer italienischen Designermarke. Er kannte sie nicht. Allein der Name »Luigi ...«, den er nicht bis zum Ende entziffern vermochte, flößte ihm Ehrfurcht ein.

»Am besten, Sie ziehen ihr Hemd aus«, meinte Viola. Martin zögerte und errötete. Sie hatte es bemerkt. »Sie brauchen sich nicht zu genieren, ich bin jetzt Kranken-schwester und nicht die Frau ihres Chefs.« Martin Lorenz war nicht überzeugt, fügte sich aber und entblößte mit einem Ruck seinen Oberkörper. Die muskulöse Erschei-nung des Achtundzwanzigjährigen ließ Viola erzittern. Martin bemerkte es nicht. Sie nahm einen Schwamm aus dem Wandschrank, tauchte ihn in warmes Wasser und tupfte, mit zarten Bewegungen den Arm ihres Patienten sauber. Sie erreichte die Achselhöhle. Martin kicherte leise. Er presste die Lippen aufeinander, um nicht gleich loszuprusten. Dabei spannte sich sein Bauch, unter des-sen Haut gleichmäßige Reihen von Muskeln hervortra-ten. Viola strich zart mit dem Schwamm darüber, ob-wohl dort kein Blut zu sehen war. Er drehte den Kopf zu ihr und schaute sie verwundert fragend an. Sie schlug die Augen nieder. »Sie treiben wohl viel Sport, Mar-tin?«, fragte sie leise. »Nein«, entgegnete er, »die Arbeit im Weinberg reicht mir, um fit zu bleiben.«

Viola nahm Martins Finger, tupfte ein wenig vom medizinischen Alkohol darauf und verschloss die Wun-de mit einem Pflaster. »So, Herr Lorenz, jetzt sind Sie versorgt. Am besten, Sie tragen die nächste Zeit einen Handschuh bei der Arbeit, damit die Wunde nicht wie-der aufplatzt.« »Vielen Dank, Frau Waika-Bredenbach.« »Viola, bitte«, entgegnete sie. Martin nickte, nahm sein beschmiertes Hemd, legte es sich locker um die Schultern, verbeugte sich und verließ die Wohnung. Oben, in der eigenen angekommen, stopfte er sein Shirt in den Wäschekorb, holte sich ein frisches aus dem Schrank, zog es an und schlenderte zurück zum Weinberg. Den Handschuh, zu dem ihm Viola geraten hatte, vergaß er.

Martin steuerte den Geräteschuppen an, öffnete das Tor und holte eine Heckenschere heraus. Er prüfte sie, indem er sie ein paarmal zuschnappen ließ. Mit einem groben Wetzstein schärfte er ihre Klingen, wanderte durch die Rebenspaliere und schnitt das überstehende Laub ab. Er brauchte mehr als eine Stunde und im Kopf tanzte Viola. Sie drehte sich abwärts in den Bauch und verharrte dort, wo sie ihn gestreichelt hatte. Ein wohligwarmes Fluten durchströmte ihn.

Martin stapfte zum Schuppen, schwang sich auf den Weinbautraktor, ließ den Diesel an und tuckerte aus der Garage, stellte ihn ein paar Meter davor ab, lief zurück, holte den Grubber und montierte ihn am Schlepper. Er steuerte die erste Rebengasse an und lockerte den Boden. Er tuckerte behutsam nach und nach durch die Reihen.

Viola war bei ihm. Es kam ihm vor, als lächele sie, wenn Martin akkurat arbeitete. Sie schien tadelnd die Stirn zu runzeln, sobald er es an der einen oder anderen Stelle an Sorgfalt fehlen ließ. Sie lächelte nicht mehr so oft und er verdoppelte seine Anstrengungen. Er fasste das Lenkrad fester, bis die Fingerknöchel wie winzige, schneebedeckte Bergkuppen hervortraten. Auf einer davon hatte sich eine Fliege niedergelassen. Er ließ sie sitzen.

Der Winzer steuerte den Schlepper zurück in die Garage, spannte den Grubber ab und verschloss die Tür von außen. Die Maschinen hatten ihren Dienst geleistet. Er noch nicht. Martin schritt die Reihen ab, die das Gerät durchfurcht hatte. Wachen Blickes durchmaß er jeden Meter, ob nicht ein Stück den Zinken entgangen war. Er fand keines. Seine Augen tränten, er sah auf und entdeckte Viola. Sie harkte den Kiesweg und ließ die entstellende Wunde verschwinden, die ihm Wandas abrupt gebremstes Fahrrad zugefügt hatte. Mit einem Lächeln auf dem Gesicht lehnte sie den Rechen an die Wand des Winzerhauses und lenkte den Blick über das Anwesen und den Weinberg. Seine und ihre Augen trafen sich im schummrigen Licht der Nachmittagssonne und sogen sich für einen Moment aneinander fest. Martin blieb regungslos stehen. Violas Blick berührte ihn wie ein Blitzschlag. Sein Herz stockte für den Bruchteil einer Sekunde, um sich im nächsten Augenblick mit hämmerndem Pochen rasend zu überschlagen. Ein heranrollender Schwindel drohte, ihn zu Boden zu werfen. Tastend fand er Halt an einem Rebstock. Martin schloss die Augen.

Violas Blick tanzte noch ein Weilchen wie ein herumfliegendes Glühwürmchen hinter seinen Lidern. Er straffte den Körper, sog die sich allmählich abkühlende Luft des heraufziehenden Abends tief ein und stand wieder sicher auf den Beinen. Viola hatte von all dem nichts mitbekommen. Sie war zurück ins Haus getreten. Martins Augen folgten ihr. Einen Augenblick, bevor die Tür hinter ihr ins Schloss fiel, meinte er, bemerkt zu haben, wie sie ihm ein flüchtiges Lächeln hinausschickte.

2

Mit dem Wasser aus dem Gartenschlauch bei aufgeschraubter Brause reinigte er die Schlepperreifen und die Zinken des Grubbers. Die klebrigen Erdklumpen verwandelten sich unter dem nassen Druck in zähflüssige, braune Rinnsale und versickerten im Gras. Zuletzt gönnte er den Gummistiefeln eine Dusche. Mit einem groben Tuch wischte Martin stehen gebliebene Tropfen fort und räumte die Gerätschaften in den Schuppen. Er schwang sich auf den Sitz des Schleppers und bugsierte ihn rückwärts auf den vorgesehenen Parkplatz.

Mit wenigen Schritten war er draußen an der Regenwassertonne. In die ergoss sich der Regen aus der Dachrinne des Schuppens. Er senkte den Kopf bis über die Schultern hinein, verharrte einen Augenblick unter Wasser und schnellte wieder heraus. Er beugte sich nach vorn und schüttelte das klare Nass aus seinen Haaren. Unzählige silbrig glänzende Tropfen stoben in alle Richtungen und verfingen sich in den umstehenden Büschen, wo sie wie winzige Glasperlen das rote Licht der Abendsonne spiegelten.

»Ach, welch ein Adonis«, flüsterte Viola. Sie beobachtete Martins Gestalt aus dem Winzerhaus, verborgen hinter einer Gardine. Ein wohliger Schauer durchströmte ihren Körper. Sie errötete. Er hatte es nicht bemerkt. Bloß, dass der Vorhang hinter einem der Fenster einen Spalt offen stand, sah er aus den Augenwinkeln, als er sich um die eigene Achse drehte, um das Wasser vom Körper zu schleudern. Er maß dem keine Bedeutung zu.

Vom Kiesweg drangen Geräusche herüber. Martin sah auf und erblickte Wanda. Sie ließ ihr Fahrrad achtlos auf die Einfahrt fallen. Der Rucksack rutschte vom Gepäckträger und plumpste auf die Kieselsteine. »Hey Martin«, rief sie, rannte auf ihn zu und schmiegte sich an seinen, entblößten Oberkörper, von dem vereinzelt Tropfen rannen. Er erstarrte und erwiderte ihre Umarmung nicht. »Hilfst du mir, mein Rad und die Tasche hinein zu bringen?« »Nein«, sagte er. Viola kam aus dem Haus. »Wann lernst du es endlich, sorgsamer mit deinen Sachen umzugehen? Das Fahrrad hat viel Geld gekostet.« Wanda verdrehte die Augen. »Bring deine Sachen ins Haus und beseitige die Spuren auf dem Kiesweg. Ist schon wieder schäbig.« Martin wandte sich ab und schlenderte zum Schuppen. Er putzte die Heckenschere und ölte sie gründlich ein. Er trat aus der Hütte und beobachtete, wie Wanda den Kiesweg mit der Harke zu glätten versuchte. Tränen rannen ihr übers Gesicht und blieben als Tropfen am Kinn hängen, bis sie wie abstürzende Bergsteiger einer nach dem anderen zu Boden taumelten. Wanda stöhnte auf. Sie rammte ihre zierlichen Füße in den Kies und schleuderte die Harke von sich. Sie schlug wenige Zentimeter vor Martin auf. Er stieg über sie hinweg, sah Wanda an und schüttelte den Kopf. »Sei nicht so aufsässig und benimm dich ausnahmsweise mal wie eine junge Dame«, herrschte Hans-Ulrich Waika seine Tochter an. Er war eben aus dem Haus getreten, um nach Berlin zu einer Konferenz über Gartenarchitektur im 18. Jahrhundert zu fahren. Er war eingeladen, dort vom Einfluss Peter Josef Lennés auf die Gestaltung des Schlossparks Sanssouci zu referieren. Mit ausgestrecktem Arm schritt er auf Martin zu. »Alles wieder gut?«, fragte er beiläufig. Er erwartete keine Antwort. Ein letzter tadelnder Blick auf seine Tochter, dann stieg er ins Auto und fuhr davon.

»Der kommt sich heute wieder sehr bedeutend vor«, maulte Wanda, schnippte einen Kieselstein Richtung Weinberg und verschwand im Haus. Die Tür fiel laut scheppernd ins Schloss. »Jetzt ist´s aber gut«, drang Violas Stimme an Martins Ohr. Dann war es still. Er setzte sich ins Gras vor dem Geräteschuppen und blinzelte in die sich langsam senkende Sonne. Der Rasen war weich und kühl. Er besänftigte sein Gemüt. Es war durch Wandas Benehmen und den Streit mit ihren Eltern in Unordnung geraten.

Viola trat aus dem Haus. Sie strebte auf Martin zu und legte ihre Hand auf seine Schulter. »Alles gut bei Ihnen?«, fragte sie. »Bei mir schon«, antwortete er, »aber Sie haben Stress mit Wanda, stimmt`s?« »Ja, liegt sicher auch am Alter, dass sie so unausstehlich ist.« »Mitten in der Pubertät, nicht wahr«, ergänzte er. Viola stöhnte auf und nickte.

Beide saßen jetzt nebeneinander im kühlen Gras. Sie schauten über den Weinberg hinweg ins Tal. Und sahen doch einzig sich. Jeder in den eigenen Gedanken. Viola ergriff seine Hand und drückte sie. Sie stand auf und schritt auf dem Kiesweg ins Haus. Martin blieb sitzen. Ungläubig starrte er auf die Hand, die Viola eben berührt hatte. Sie glühte. Dennoch ließ ihn der kühle Wind des Nachmittags frösteln. Er saß regungslos da und bemerkte kaum, wie die Dämmerung die Umgebung verschlang und der Weinberg sich auflöste. Die Rebstöcke verwandelten sich allmählich zu schmalen Stangen. Kurz darauf verschwanden sie. Wie ein schwarzes Laken hatte die Dunkelheit den Weinberg, den Kiesweg und das Winzerhaus unter sich begraben. Martin erhob sich, sah umher und suchte Orientierung. Der Weg vorm Haus bot mit seinen weißen Steinen und dem Widerschein der mild leuchtenden Fenster des Hauses einen letzten Wegweiser. Er stapfte in dessen Richtung, kramte den Schlüssel aus der Hosentasche, schloss behutsam auf und betrat die Eingangshalle Aus dem Heim der Waikas drangen Musik und Stimmen. Der Fernseher röhrte und übertönte die Gespräche. Er vernahm Geräusche, keine Worte. Martin atmete auf. Er enterte die Treppe, betrat seine Wohnung und schloss die Tür. hinter sich.

Er griff sich eine Flasche Regent vom letzten Jahrgang und goss einen gehörigen Schluck des dunkelroten Weines in ein voluminöses Glas mit kurzem Stil. Er hielt es in beiden Händen und schwenkte es ein paarmal. Er senkte die Nase hinein und sog den würzigen Duft tief in seine Lunge. Es roch nach Holz und feuchter Erde. Martin trank. Er legte sich zurück, schmiegte sich in die Kissen und schloss die Augen. Ein sanfter Schleier aus Wärme und Wohligkeit umschlang ihn. Er war eingeschlafen und träumte von Viola. Sie erschien ihm, einem Engel gleich, in einem weinroten, bis auf die nackten Füße reichenden Kleid. Sie trat nahe an ihn heran. Er sog ihren Geruch ein. Holz und feuchte Erde. Im Schlaf versuchte Martin sie zu umarmen und ihren schlanken Körper an sich zu ziehen. Kaum hatte seine Hand ihn erreicht, löste sich ihre Gestalt in einem weißen Nebel auf. Er griff ins Leere und erwachte.

Er sah auf die Armbanduhr und erschrak. Beinahe zwei Stunden hatte er geschlafen. Martin war verwirrt. Was bedeutete der Traum, der im rasenden Lauf dem Gedächtnis entfloh, bis er im nächsten Moment verschwunden war? Er erinnerte sich an einen Nebel. An mehr nicht. Er quälte seinen Kopf, um das Bild wieder zusammenzusetzen, von dem er überzeugt war, dass es existiert hatte. Vergeblich. Er goss sich ein letztes Glas vom Roten ein und leerte es in einem Zug. Die Lider senkten sich über seine Augen. Er raffte sich auf und tappte schwerfällig ins Bad. Es kam ihm winzigklein vor. Der Vergleich mit dem der Waikas ließ es schrumpfen. Er bereitete sich für die Nacht vor, schrubbte die letzten Reste vom Rotwein von den Zähnen, wusch sich das Gesicht und kroch ins Bett. Kaum zugedeckt, schlief er. Die durchs Zimmer huschenden Lichtkegel vom Auto des zurückkehrenden Hausherrn bemerkte er nicht mehr.

Am nächsten Morgen erinnerte er sich nicht daran, je geträumt zu haben. Martin Lorenz eilte die Treppe hinab, durchquerte die Halle und trat ins Freie. Eine frische Brise wischte ihm die letzten Spuren von Müdigkeit aus dem Gesicht. Er schaute in den Himmel, unter dessen sattem Blau ein paar Wolken wie Schiffe trieben. »Das wird ein guter Tag für die Trauben«, meinte er zu sich und strebte dem Weinberg zu. Die Früchte waren gewachsen und schwer geworden. Er zog die Rebschere aus der Hosentasche und fing an, jeden Rebstock von überflüssigem Laub und wilden Trieben zu befreien. Er schwitzte und am Ende der ersten Reihe schmerzten ihm die Handgelenke. Er wischte sich mit dem Ärmel den Schweiß von der Stirn und setzte sich auf den vom Morgentau feuchten Boden. Die Kühle tat ihm gut. Er stand auf und schnitt weiter. Die höher gestiegene Sonne trieb die Nässe aus der Hose. Sein Hintern dampfte.

Wanda riss die Haustür auf. Hastig schob sie ihr Fahrrad auf den Kiesweg. In der linken Hand hielt sie ein zugeklapptes Frühstücksbrot. Zwischen den beiden Teilen quoll Honig hervor. Sie führte es zum Mund und leckte ihn ab. Mit rechts hielt sie die Lenkstange. Die hatte sich durch Wandas Verrenkungen verdreht. Das Vorderrad stand quer zur Laufrichtung und ließ sich nicht bewegen. Sie steckte sich das Brot in den Mund und hielt es mit den Zähnen. Mit beiden Händen zwang Wanda die Lenkstange in eine nahezu gerade Position. Sie schob das Rad an und schwang sich in den Sattel.

Martin hatte teilnahmslos zugesehen. Er reagierte nicht, als ihr das Honigbrot aus dem Mund glitt. Es plumpste auf den Kiesweg und brach auseinander. Die mit Honig bestrichene Seite blieb an den Kieselsteinen kleben. Wandas verzagter Blick traf ihn.

»Das arme Kind«, schoss es ihm durch den Kopf. Er hatte sich oft über Wanda geärgert. Ihr kindisches, trotziges Gehabe ging ihm auf die Nerven. Die plumpen Annäherungsversuche ihm gegenüber waren ihm peinlich und stießen ihn ab. Aber jetzt, in ihrer hilflosen Verzweiflung, tat sie ihm leid. Martin rannte hinter ihr her und holte sie ein. Kurz bevor sie auf die Straße nach Potsdam einbog.

»Mach dir keine Sorgen, Wanda. Ich bringe das wieder in Ordnung. Deine Mutter erfährt davon nichts.«

»Danke, Martin.« Ein Lächeln huschte über ihr Gesicht.

»Ist schon in Ordnung«, sagte er und drückte zart ihren Oberarm. Er schlenderte den Weg zurück, den er eben noch gerannt war. »Hoffentlich habe ich sie nicht zu nahe an mich herangelassen«, grübelte er. »Wenn ich ihr jetzt Hoffnungen gemacht habe, stehen mir schwere Zeiten bevor. Sie ist erst siebzehn und die Tochter meines Chefs.« Graue Wolken verdunkelten Martins Gemüt. Seine Knie zitterten. Er schleppte sich zurück zum Geräteschuppen, griff sich eine Harke, einen Eimer und einen Putzlappen. Er schöpfte Wasser aus der Regentonne und kniete sich auf den Kiesweg, wischte die Honigspuren von den Steinen, sammelte die Brotreste auf. Zuletzt harkte er den Weg glatt.

»Martin, das ist ja ganz lieb, aber Sie brauchen die Spuren nicht zu beseitigen, die Wanda hinterlassen hat«, rief ihm Viola zu. Sie war aus dem Haus getreten und blinzelte ins Wetter. Martin sah sich ertappt. Das Versprechen Wanda gegenüber war gebrochen. Er hatte es nicht gewollt. Es war geschehen.

Viola kam auf ihn zu. Sie legte ihre Hand auf seine Schulter und drückte sie sanft. »Wie geht es Ihnen, Martin?« fragte sie mit leiser Stimme. In ihr lag Mitgefühl. »Danke Viola, alles wieder gut.« Er sah direkt in ihre Augen. Und hielt ihrem Blick stand. So verharrten sie ein paar Sekunden. Viola beugte sich zu ihm und küsste ihn auf die Wange. Martin errötete. Sie lächelte. Ein Lächeln, das Verständnis und Vergebung in einem für alles ausdrückte. Es traf Martin wie ein Sonnenstrahl, der aus einer aufreißenden Wolkendecke hervorbricht. Enorm gleißend, schmerzhaft erst, dann wärmend. Das unendliche Himmelsblau freigebend. Martin sah darin alles und nichts. Nichts, was er benennen konnte, und alles, was denkbar war.

3

Er sah sie fragend an. Viola streckte die Arme nach ihm aus und hauchte ihm zu: »Kommen Sie Martin. Ich habe noch eine angebrochene Flasche im Haus.« Er zögerte. Irgendetwas berauschend Gefährliches wogte wie eine gigantische Surfwelle auf ihn zu. Er sah den Tod und die Seligkeit. Sie hatte seine Bedenken bemerkt. Die lachte sie mit ihrer samtweichen Stimme hinweg.

Sein Widerstand war gebrochen. Sie griff nach seiner Hand. Er wehrte sich nicht. Sie schlenderten zum Haus. Drinnen bugsierte Viola ihn in den Salon. Martin staunte.

Lindgrün tapezierte Wände umrahmten den Raum. Auf dem Parkettboden lagen vereinzelt dickflauschige Teppiche. An der Stirnseite stand ein Kamin aus weißem Granit. In ihm verbrannten knisternd vertrocknete Rebstöcke. Die Flammen verströmten den Geruch eines Lagerfeuers, wie er es von den Abenteuern seiner Kindheit kannte. Viola drückte ihn auf eine direkt vor der Feuerstelle stehende Couch. »Ich gehe mal grad den Wein holen«, sagte sie und verschwand Richtung Küche. Martin stellte sie sich ähnlich prächtig vor. Er war voller Neugier, traute sich jedoch nicht, ihr zu folgen. Er schaute ihr hinterher. Nach wenigen Minuten kehrte sie zurück. In den Händen hielt sie zwei Weingläser und eine Flasche Regent. Viola hatte die Zeit genutzt, ihre Jeans und den Pullover gegen ein schwarzes Seidenshirt und einen curryfarbenen Minirock zu tauschen. »Toll sehen Sie aus.« »Siehst Du aus«, unterbrach sie ihn sofort. Nebenbei goss sie die Gläser ein, reicht ihm eins und berührte seines sacht mit ihrem. Sie tranken. Er goss den Wein in sich hinein. Seines war zur Hälfte geleert. Sie nippte an ihrem. Dass sie getrunken hatte, war am Füllstand des Glases nicht zu erkennen. Sie stellten beide ihre Gläser auf den Tisch. Martin starrte auf den Unterschied. »Oh, wie peinlich«, stammelte er. Sie lächelte. Viola beugte sich zu ihm und drückte seine Hand. Er errötete. »Einen wunderbaren Wein hast du da geschaffen«, flüsterte sie ihm zu. Ihre Lippen berührten sein Ohrläppchen. Die Welle raste wieder auf ihn zu. Er ruderte mit den Armen und suchte Halt, fand keinen. Die Hand schlug die Flasche vom Tisch. Er konnte nichts dagegen tun. Sie war seiner Kontrolle entglitten. Die dunkelrote Flüssigkeit ergoss sich auf den hellbeigen Teppichboden. Die blutende Wunde starrte ihn an. Martin schrie auf, verbarg sein Gesicht in Violas Schoß. Die Tränen rannen an ihren Schenkeln hinab. »Nicht so schlimm. Das kriegen wir wieder weg«, tröstete sie ihn und streichelte ihm über den Kopf. Martin schluchzte wie ein weinendes Kind in den Armen seiner Mutter. Dabei strich er die Tränen von der glatten, festweichen Haut ihrer Schenkel. Viola ließ es geschehen. Sie krallte sich in seine Haare. Heftig, dass es ihm fast wehtat, aber eben nur fast. Es gefiel ihm irgendwie. Er wusste nicht recht, warum. Auch er griff fester zu. Die Finger gruben sich in ihr Fleisch. Viola stöhnte auf. Martin ließ los. Seine Hand plumpste auf die Couch zwischen ihr und ihm. Sie schaute ihn an. Ihr Blick fragte »Warum?« Martin wich ihren Augen aus, sah an ihr vorbei hinüber zur Küche und schüttelte langsam den Kopf.

Er stand auf und verließ schweigend die Wohnung Waika. Viola, die bislang aufrecht und kerzengerade dagesessen hatte, ließ sich wie erschöpft in die weichen Polster sinken. Martin stürzte aus dem Haus und rannte zur Regentonne am Geräteschuppen. Er beugte sich hinein und hielt seinen Kopf lange unter Wasser. Kurz bevor die Lungen zu zerplatzen drohten, tauchte er wieder auf. Er lehnte sich mit dem Rücken an die Schuppenwand und rutschte an ihr hinunter auf den Boden. Dort verharrte er und klemmte den Kopf zwischen die Knie. Er saß da, eingerollt in sich und starrte durch die Beine hindurch auf den von Trockenrissen durchfurchten Boden des Weinberges. Die Tropfen aus seinen nassen Haaren stürzten nacheinander in die Risse und verschwanden in der Tiefe. Er horchte ihnen nach, hörte nichts. Sie waren bloß weg. Nicht ganz. Martins Gedanken folgten den Wassertropfen, wie sie immer tiefer in die aufgesprungene Erde trudelten. Sich vom Abhang stürzten, um sogleich über eine sich auftuende Ebene zu kullern und sich in die nächste Schlucht zu stürzen. Auf deren Boden zerplatzten sie und lösten sich in einer winzigen Pfütze auf. Kurz vorm Inneren der Erde.

Martin erwachte aus dem wenige Sekunden andauernden Dämmerschlaf. Er rieb sich die Augen, fand zurück in die Wirklichkeit und erinnerte sich an den Wein und an Viola. »Das war knapp, sehr knapp«, murmelte er. Er rappelte sich auf, öffnete den Schuppen und holte sich das Werkzeug zum Binden junger Reben. Den Weg zum Weinberg schritt er als Lehrer und Erzieher. »Ich liebe meinen Wein und möchte, dass er gesund, groß und stark wird«, sprach er zu sich.

Martin griff die ersten Stöcke und zwang sie ins Spalier. Mit sanftem Willen. Gerade sollen sie wachsen, nicht krumm und schief, murmelte Martin. Ohne ihn zerfledderten sie in alle Richtungen. Der Wein würde danach schmecken. Zerrissen und verwinkelt. Keine gerade Linie. Das hatte er gelernt und er verstand es zu verhindern.

Wanda kam aus der Schule nach Haus. Wie üblich knallte sie ihr Rad auf den Kiesweg und rannte in den Weinberg. Schnurstracks auf ihn zu. Der abschüssige

Weg zwischen den Pflanzen beschleunigte ihre Schritte. Bis sie nicht mehr anhalten konnte. Sie prallte aus vollem Lauf gegen Martins Hintern, den er in gebückter Haltung in die Rebengasse streckte. »Achtung«, schrie sie. Plötzlich lagen beide zwischen den Pflanzen. Er auf dem Rücken, die Hände schützend vorm Gesicht. Und sie auf ihm. Für einen winzigen Moment stieg ihm ihr Geruch in die Nase. Sie roch nach Schule, nach Linoleum und nasser Kreide. Das meiste war auf der Fahrt verflogen. Dennoch roch er es. Und einen winzigen Hauch von Parfüm. Nach Holz und feuchter Erde duftete es nicht. Er drehte sich unter ihr weg und schob sie von sich. Sie machte sich ganz schwer. Vergeblich. Er rappelte sich auf und klopfte sich Erde und Steinchen von Hemd und Hose. Wanda blieb liegen. Martin zögerte einen Moment. Dann reichte er ihr die Hand und half ihr mit kräftigem Ziehen auf. Sie nahm den Schwung mit und fiel ihm um den Hals. »Lass das«, sagte er und drehte sich weg. »Spielverderber«, maulte sie. »Das ist kein Spiel«, entgegnete er barsch. Sie schauten beide aneinander vorbei den Wolken nach und schwiegen. Wanda stapfte den Berg hinauf und trat ins Haus. Ihr Fahrrad ließ sie auf dem Kiesweg liegen. Martin arbeitete weiter. Er bog nacheinander Reben ins Spalier. Er schaute ihr nicht nach.

4

Martin bog unermüdlich. Es lagen noch etliche Reihen vor ihm. »Knack«. Eine Pflanze, die er in das Spalier zwängte, brach unter seinen Händen. »Eine Flasche Wein weniger«, sagte er zu sich und arbeitete zügig weiter. Behutsamer jetzt. Es passierte ihm nicht mehr. Bis zum letzten Rebstock. Die Hände schmerzten, durchzogen von roten Striemen, tief eingegraben von den elastischharten Strängen junger Reben. Martin schwitzte. Sein Herz pochte gegen den Brustkorb wie die Faust an eine verschlossene Tür. Die Knie waren weich geworden. Und die Füße schwer.

Martin wischte sich mit dem rechten Handrücken den Schweiß von der Stirn. Einem Tropfen gelang es, unter ihm durchzurutschen. Er fand seinen Weg unaufhaltsam über die Nasenwurzel und rutschte ins linke Auge. Noch ehe er einen sicheren Damm aus Zeigefinger und Daumen gebaut hatte, durchfuhr ihn ein heißer Schmerz. Dann sah er nichts mehr. Nur einen wässrig flirrenden Vorhang aus brennender Helligkeit. Er wankte und suchte Halt. Mit ausufernd rudernden Armen tastete sein Körper alles um ihn herum ab. Er bekam einen kräftigen Rebstock zu fassen und stand. Das Holz zitterte, und knickte nicht. Er griff in die Hosentasche, zog ein Tuch hervor und rieb sein Gesicht ab, bis es trocken war. Er schaute sich um. Es war nichts passiert. Die Trauben glänzten. Die jungen Reben standen im Spalier und reckten die Triebe der Sonne entgegen. Sie versprachen einen geraden Wuchs. Martins Herz fand zurück zu einem gleichmäßigen, gelassenen Rhythmus. Kein Holpern mehr, kein Überschlagen. Er hörte Schritte auf sich zukommen. Er drehte sich in Richtung des Geräuschs.

Dicht vor ihm stand Hans-Ulrich Waika. So nahe, dass er dessen Atem im Gesicht wie einen regnerischen Windhauch erlebte. Der roch wie verdorbener Fisch und abgestandenes Wasser. Nicht frischwürzig nach altem Holz und feuchter Erde wie bei Viola. Eher modrig und ein bisschen schimmelig. »Wie ein betagter Löwe«, fand Martin. Sein Magen verkrampfte. Waika grinste ihn an und entblößte sein gewaltiges Gebiss. Gelb waren die enormen Zähne. »Na, Martin, wie gefällt es Ihnen bei uns? Macht Ihnen die Arbeit Spaß im Weinberg?« »Ja, sehr sogar«, entgegnete der Winzer mit verzagter Stimme. Mit einem heftigen Nicken scheuchte er die Mutlosigkeit hinweg, die ihn überkommen hatte. Er fragte sich, warum Waika solch belanglose Fragen stellte. Blöd fand er sie. Und höchst verdächtig. »Na, dann ist ja alles gut«, schob Waika nach. Es half nichts. Martin witterte Gefahr. Er neigte den Kopf zur Seite und schaute seinen

Chef fragend an. »Was wollen Sie von mir?«, stand darin geschrieben. Waika begriff. Und der sprach zögerlich: »Martin, Sie pflegen ein inniges Verhältnis zu meiner Frau. Ein bisschen zu innig, meine ich. Die Blicke, die sie beide austauschen, sind mir zu intim.« Martin erschrak. Waika hatte ihn dort getroffen, wo es wehtat. Und es tat sehr weh. Der Schmerz bohrte sich tief in seine Magengrube. Er stocherte in ihr herum. Er brannte und riss an den Eingeweiden. Kaum zu ertragen. Martin krümmte sich. Er sank auf die Knie und presste die Hände auf den Bauch. Waika schaute dem Geschehen fassungslos zu. Er schüttelte den Kopf. Dann packte er ihn bei den Schultern und zog ihn wieder hoch. Sie standen voreinander. Keiner sprach ein Wort. Waika verließ den Weinberg, ohne sich noch einmal umzudrehen. Martin blieb zurück. Die Angst bohrte weiter.

Und draußen in den Bäumen krächzten die Krähen.

Das Weinlaub zitterte. Erst nur ein wenig. Martin bemerkte es nicht. Dann immer heftiger. Jetzt bogen sich die Blätter. Sie ließen silbrig glänzende Tropfen die Oberfläche hinab gleiten. Sie rissen den zarten Staub des letzten Sonnentages in einer grün glänzenden Spur mit sich und plumpsten zu Boden. Sie zerbarsten auf erdigen Kuppen oder verschwanden in Furchen.

Martin verließ raschen Schrittes den Weinberg. Dann lief er. Bis er rennend den Geräteschuppen erreichte.

Hastig kramte er nach dem Schlüssel. Und fand ihn schließlich in der rechten Hosentasche. Dort trug er ihn nie. Meist in der linken. Oder in der Gesäßtasche. Drinnen setzte er sich außer Atem auf die Deichsel des Grubbers. Der stand abgespritzt und trockengerieben hinter dem Schlepper. Sein Dieselgeruch füllte den Schuppen aus. Vermischt mit einem Hauch von Holz und feuchter Erde. Er schüttelte sich die Nässe aus den Haaren. Er entledigte sich der triefenden Arbeitsklamotten. Die Gummistiefel mit den Klumpen vollgesogener Erde und der Wasserlache im Innern lehnte er kopfüber an die Schuppenwand. Es folgten Strümpfe, Hose, Boxershort und Hemd. Nackt stand er im Dämmerlicht der Remise. Die Regenwolken rissen einen Spalt auf. Die Sonne lugte hindurch, schien durch das milchige und von Spinnweben verdunkelte, winzige Fenster. Sie modellierte Martin wie eine antike Götterstatue.

Die Tür knarrte, die Scharniere quietschten. Dann stand sie einen Spalt offen. Er hatte vergessen, sie zuzusperren. Viola quetschte sich hindurch. »Oh, Entschuldigung«, stammelte sie, »ich konnte ja nicht ahnen ...« Martin erstarrte für einen winzigen Augenblick. Er griff nach der tropfnassen Jeans und hielt sie sich vor. Viola lächelte. Martin verzog das Gesicht zu einer gequälten Grimasse. Sie lachte dröhnend auf. Er stimmte ein. Sein Körper bebte. Die Hose fiel. Viola verstummte urplötzlich und schaute. Es störte ihn nicht. Beide standen eine Zeit lang unschlüssig im Schuppen herum. Die Bekleidete sah auf den Nackten und der auf die Angezogene. Viola nestelte an den Knöpfen ihrer Bluse. Sie öffnete einen nach dem anderen. Ihre rotlackierten Fingernägel leuchteten im fahl werdenden Licht der einfallenden Sonnenstrahlen. Martin schüttelte den Kopf. Er raffte seine Kleidung zusammen, bedeckte sich und verließ eilig den Schuppen. Viola blieb zurück. Ratlos. Sie holte tief Luft und knöpfte ihre Bluse wieder zu. Bis auf die beiden Oberen, die ließ sie offen. Sie griff sich den Rechen von der Wandhalterung und verschwand aus dem Schuppen.

Sie harkte den Kiesweg. Bis jeder Kieselstein feinsäuberlich neben seinem Nachbarn lag. Als wäre Wanda nie darauf getreten. Vom Fahrrad ganz zu schweigen. Viola war lange nicht zufrieden. Sie harkte weiter. Wieder und noch einmal. Hans-Ulrich Waika kam nach Hause. Er lenkte das prächtige Auto in die Garage. Er schritt winkend auf Viola zu, umarmte und küsste sie.

Dann war alles wie immer. »Wie war dein Tag?«, fragte sie. »Anstrengend, wie immer.« Sie schlenderten untergehakt ins Haus. Drinnen setzten sie sich an den Küchentisch. Hans-Ulrich Waika öffnete den Kühlschrank und holte eine Flasche 2013er Phönix hervor. Er entkorkte den Weißen. Unterdessen hatte Viola zwei

Gläser auf den Tisch gestellt. Das Feierabendritual war wie immer. Er räusperte sich. Sie sah ihn fragend an. »Du verstehst dich wohl gut mit Martin, nicht wahr?« »Ja, ich finde ihn sehr sympathisch.« »Mehr nicht?« Waika nahm einen Schluck. Er schaute seine Frau an und wunderte sich über die beiden geöffneten Knöpfe ihrer Bluse. Die trägt sie sonst immer hochgeschlossen. Viola nippte am Wein. Ihre Lippen zitterten. Waika zog die Augenbrauen hoch. »Gibt es etwas, was du mir erzählen willst?«, fragte er. Sie schwieg und schüttelte kaum merkbar den Kopf. Waika nickte bloß. Er hakte nicht nach. Die beiden saßen stumm beieinander und tranken ihre Gläser aus.

Dann verzog sich Waika in sein Lesezimmer im ersten Stock. Viola schlenderte ins Wohnzimmer und schaltete den Fernseher an. Sie ließ sich von einer dieser Vorabendserien berieseln. Viola folgte der Handlung nicht. Sie saß bloß da und starrte in die Luft. Ihr Blick fiel auf das Sofa vor dem Kamin. Die Hände strichen über ihre Schenkel. Sie seufzte sehnsüchtig. Und ein Beben durchfuhr ihren Körper. Hans-Ulrich Waika argwöhnte nichts. Er saß in seinem Studierzimmer und las: *Das abenteuerliche Leben des Fürsten Herrmann Pückler Muskau.* »Genial, visionär, frei.« Dann sang er leise vor sich hin: *Ich war noch niemals in New York ...* Und verfiel in eine Stimmung, die er so von sich nicht kannte. Nie hatte er raus gewollt aus der Routine. Waika verstummte, stellte das Buch zurück an seinen angestammten Platz im Regal, nachdem er es zuvor akribisch glattgestrichen hatte. Er schüttelte den Kopf, straffte den Körper und richtete die Krawatte. Waika ließ seinen Blick durchs Arbeitszimmer schweifen, glättete die Sitzmulde im Sessel, zupfte ein paar schiefe Teppichfransen zurecht und knipste die Leselampe aus. Er stieg hinab in den Salon.

Dort lag Viola auf dem Teppich vor dem Kamin. Die halblangen Haare lagen zerzaust um ihren Kopf, so wie morgens kurz nach dem Aufwachen. Den Mund hatte sie halb geöffnet. Die Augen geschlossen. Waika trat hinzu. »Was ist los, Viola? Geht es dir nicht gut?«, fragte er vorsichtig. Sie öffnete die Augen. »Doch«, antwortete sie nach kurzem Zögern. »Alles gut«. Sie lächelte. Er fragte nicht weiter.

Wanda stürmte ins Zimmer. Ohne ihren Eltern eines Blickes zu würdigen, rief sie in den Raum: »Ich habe Hunger, wann gibt es was zu essen?« »Gemach«, ermahnte sie der Vater. »Deine Mutter ist noch nicht so weit.« Wanda zog die Mundwinkel nach unten und stapfte in ihre Zimmer. Gleich neben dem des Vaters. Die Tür fiel laut hörbar ins Schloss. Hans-Ulrich Waika schüttelte den Kopf. Viola seufzte. Sie rappelte sich auf und wandte sich der Küche zu. »Ich mache ihr schnell was zurecht.« »Sie kann sich doch wohl selbst darum kümmern«, warf Waika ein. »Lass mal«, erwiderte die Mutter und klapperte schon mit dem Geschirr. Viola zauberte schnell eine Portion Spaghetti Bolognese. Sie wusste, Wanda liebte es. Drei mittelgroße Zwiebeln schnitt sie in dünne Scheiben und schmort sie in einer Pfanne an. Eine gleiche Anzahl von Tomaten gab sie dazu, nachdem sie sie vom Strunk und den Blüten befreit hatte. Die Pfanne deckte sie ab, rührte um und ließ die beiden Zutaten schmoren. In einer zweiten Pfanne briet sie Rinderhack an und zerdrückte es mit einer Gabel bis kleine Krümel und Klümpchen entstanden waren. Sobald das Gemüse zu einer weichen Masse geschmort hatte, vermengte sie sie mit dem Hackfleisch und gab ordentlich Knoblauch dazu. Dann kochte sie die Nudeln in reichlich Salzwasser mit einem Schuss Olivenöl. Sie drückte eine Tube Tomatenmark in die Pfanne, gab etwas Wasser hinzu und reduzierte die Sauce zu einer dickflüssigen Masse. Mit ausgiebig Oregano, Salz und Pfeffer gewürzt, goss sie die Sauce über die in einem vorgewärmten tiefen Teller angerichteten Spaghetti. Zuletzt rieb sie Parmesan darüber und rief Wanda zum Essen. Die drückte ihrer Mutter einen dicken Kuss auf die Wange, goss sich ein Glas Cola ein und schaufelte das Nudelgericht in sich hinein. Viola lächelte und sah Wanda beim Mampfen zu.

5

Martin hängte Kissen, getränkt mit weiblichen Duftstoffen in die Rebenspaliere nahe dem Belvedere. Hier hatte sich der Traubenwickler eingenistet. Er drohte, einen Teil der Ernte zu vernichten. »Dir werde ich`s zeigen. Ich verderbe dir den Spaß am Sex«, murmelte er vor sich hin. Und verteilte unermüdlich weiter. »Dir werde ich deinen Spaß mit Sicherheit nicht nehmen. Im Gegenteil«, hörte er Viola sagen. Sie stand neben ihm. Sie hatte den Kopf zur Seite geneigt und schaute ihm von unten in die Augen. Sie nahm seinen Kopf in beide Hände und drehte ihn zum Pomonatempel. Dem Belvedere gegenüber. »Ist der nicht romantisch? Sieht aus wie ein Liebesnest«, hauchte sie ihm ins Ohr. Viola fasste ihn am Arm und zog ihn mit sich zum Tempel. Martin zögerte. Er stemmte die Füße gegen den Zug. Viola zog heftiger. »Mein Mann ist auf Dienstreise.« Sein Widerstand brach nicht. »Ich habe zu tun.« Laut sprach er. Und deutlich. Viola lächelte mitleidig. Sie zog ihn weiter. Mit der Kraft einer Kämpferin, die sicher war, dass sie gewonnen hatte. Noch bevor die Schlussglocke erklungen war.

Martin gab auf. Er ließ sich ziehen und folgte. Erst zögerlich. Dann immer bereitwilliger. Schließlich mit freudiger Erregung. Er strebte dem Ziel entgegen. Er lief jetzt Viola voran. Schnellen Schrittes zum Tempel. An der Pforte wartete er kurz, bis sie aufgeschlossen hatte. Hand in Hand schritten sie hinein. Ein leicht modriger Geruch von frischem Holz und feuchter Erde umfing beide. Sie schauten einander in die Augen und fassten sich fester. Dann zog Viola wieder. Sie führte Martin zu einem mit Marmor umfassten Fenstersims. Sie setzten sich. Der kühlharte Stein ließ sie einen Moment erschaudern. Er legte seine Jacke darüber. Die war vom erhitzten Körper ganz warm geworden. Und leitete ihre Wohligkeit in Violas bloße Schenkel. Und weiter in ihren Schoß. Ein heftiges Beben durchfuhr ihren Leib. Sie ergriff seinen Kopf und zog ihn an die Brust. »Trau dich«, hauchte sie ihm ins Ohr. Und Martin traute sich, bis beide stöhnend ineinander verschlungen waren.

Die Eingangspforte knarrte und öffnete sich, von einem Fahrradreifen aufgestoßen. Viola schrie auf. Vor ihnen stand Wanda. Die Hände krallten sich am Lenker fest. Tränen rannen ihr über`s Gesicht. Sie schaute wirr. Ihr Blick wechselte in rascher Folge zwischen Wut und Traurigkeit. Die Trauer überwog den Zorn. Sie rammte das Vorderrad auf den Boden. Sie drehte sich abrupt um und schob das Fahrrad mit hängendem Kopf hinaus in den Park. Viola und Martin blieben zurück. In einem Durcheinander von achtlos auf die Erde gworfenen

Schuhen, einem zerknüllten Kleid und einer plattgelegenen Jacke. Sie sagten kein einziges Wort und sahen sich nicht einmal an.

Und draußen in den Bäumen krächzten die Krähen.

Die beiden rappelten sich hoch und kramten ihre Sachen zusammen. Mechanisch und schweigend. »Was machen wir denn jetzt?«, meinte er endlich. »Ich habe keine Ahnung«, erwiderte Viola. Sie schaute ihn ratlostraurig an. Sie fassten sich bei den Händen und trotteten zurück zum Winzerhaus. Zögernd standen sie in der Eingangshalle. »Soll ich noch mit reinkommen?«, fragte er mit leiser Stimme. »Besser nicht.« Sie schloss die Wohnungstür auf und verschwand. Sie drehte sich nicht einmal mehr um. Martin stieg die Treppe hoch. Die Beine drohten ihm zu versagen. Schritt für Schritt zog er sich am Geländer hinauf. Er stolperte in die Wohnung und ließ sich in den Sessel fallen. Er vergrub den Kopf in beide Hände. Im Bauch breitete sich die Angst aus.

Und draußen in den Bäumen krächzten die Krähen.

Martin griff sich eine Flasche Regent, führte sie zum Mund und leerte sie zur Hälfte. Er holte tief Luft und setzte abermals an. Bis kein Tropfen mehr übrig blieb. Ohne Glas und Achtung vor dem Wein trank er sonst nie. Er sank zurück.

Die Bilder an den Wänden, der Tisch, die Stühle und sein Sessel schwankten und tanzten vor den Augen. Er drückte sich mit beiden Armen nach oben. Kaum stand er, da knickten seine Beine ein und er sackte in sich zusammen. Der Kopf schlug auf die Tischkante. Dann war alles schwarz. Das Poltern der zu Boden fallenden Flasche hörte er nicht mehr. Und auch nicht das Krächzen der Krähen draußen in den Bäumen.

Einmal noch in der Nacht kam er wieder zu sich. Ein heftiges Drängen der Blase zwang ihn aus der Ohnmacht. Auf allen vieren krauchte er ins Bad und zog sich mit Mühe auf den Toilettensitz. Ein langanhaltendes Seufzen der Erleichterung entfuhr ihm. Dann kroch er zurück ins Zimmer, fiel in den Sessel und schlief sofort wieder ein.

Am nächsten Tag erwachte Martin mit stechenden Schmerzen in seinem leeren Kopf. Es war heller Vormittag und er erinnerte sich an nichts. Er wusste nichts von Viola und nichts von Wanda. Nichts vom Tempel und nichts vom kalten Marmor. Die krächzenden Krähen draußen in den Bäumen aber hallten leise nach. Sie zu verscheuchen, vermochte er nicht. Die Angst kroch zurück in den Bauch. Sie blieb dort.

Schleichend und quälend langsam formte sich das Puzzle zu einem Bild. Zuerst erschienen ihm die schemenhaften Umrisse einer reifen, verlockenden Dame. Dann ein Kamin. Davor ein weicher Teppich. Auf ihm erstreckte sich ein dunkelroter, nasser Fleck wie eine

Blutlache. Dann breitete sich in den Handflächen das festweiche Fleisch ihrer Schenkel aus. Und eine Erregung in ihm. Er ballte die Hände zu zwei Fäusten. Im nächsten Moment stand das Antlitz von Viola deutlich vor seinen Augen. Der geharkte Kiesweg, ein Fahrrad, das eine entstellende Bremsspur auf ihm hinterlassen hatte. Und Wanda mit der Ausdunstung von Kreide und Schulmädchenparfüm und einer glockenhellen Stimme. Die Einzelteile fügten sich noch nicht zu einem Ganzen. Er grub weiter. Mehr Puzzleteilchen traten zutage. Es vibrierte in seinen Handflächen und der Geruch von Diesel kroch ihm in die Nase. Er sah sich auf dem Weinbautraktor sitzen. Martin lächelte. Das Puzzle nahm Gestalt an. Wenngleich es noch größere Lücken aufwies. Das Krächzen der Krähen draußen in den Bäumen entfernte sich. Es verstummte aber nicht. Dann huschte ein Lichtstrahl durch den Kopf. Er vermochte nichts damit anzufangen. Die Angst im Bauch schwoll wieder an. Das weit hinten im Kopf langsam verglimmende Licht bewegte sich auf- und abschwellend in einer elliptischen Bahn. Immer, wenn es seine noch halb geschlossenen Augen berührte, traf ihn ein heftiger Schmerz. Er ließ ihn hochschrecken. Und katapultierte ihn ins Dasein.

Martin rappelte sich hoch und trat ans Fenster. Er schaute hinaus über den Weinberg und fand sein Leben wieder. Er griff zum Telefon, rief Hans-Ulrich Waika an und meldete sich krank. »Hoffentlich nicht Schlimmes«, sagte der. »Nein, bloß ein Kater«, erwiderte er. Der Chef kicherte. »Der vergeht. Über die Bekömmlichkeit unserer Weine müssten wir uns aber nochmals unterhalten«, meinte er, lachte wieder und legte auf. Martin seufzte erleichtert. Er goss sich ein Glas Wasser ein und löste darin zwei Aspirin auf. Nachdem er getrunken hatte, verschwanden allmählich seine brennenden Kopfschmerzen. Der Magen beruhigte sich. Und er sich mit ihm.

»Ich gehe jetzt mal `ne Runde nach draußen«, beschloss er. »Die frische Luft wird mir guttun.« Er zog sich feste Schuhe an und warf sich die Arbeitsjacke über. Schwungvoll wie stets. Seine Arme verhedderten sich in den Ärmeln. Er traf die Eingänge nicht, blieb verdreht hängen und kam nicht weiter. Den zweiten Versuch ging er bedächtiger an. Er gelang, wenn auch langsam. Martin knöpfte die Jacke zu. Eine Verrichtung, die sonst in wenigen Sekunden erledigt war, brauchte eine gefühlte Ewigkeit. Immer wieder rutschte ihm ein Knopf aus den Fingern, bevor er ihn eingefädelt hatte. Er streckte seinen Körper, holte tief Luft und schob jeden einzelnen behutsam in die passende Öffnung auf der gegenüberliegenden Seite der Jacke. Es dauerte, aber es klappte schließlich. Dann stürmte er hinaus in den frischen Vormittag. Der Wind zerzauste ihm die Haare. Er strich sie stets wieder glatt. Als wolle er die Kontrolle behalten, die er vergangene Nacht verloren hatte. Martin durchschritt mit weit ausholenden Schritten die Rebengassen. Die kühle Luft säuberte das Hirn. Die Gedanken ordneten sich. Er hatte zu viel und zu schnell getrunken. Die Verantwortung für den Absturz lag allein bei ihm und nicht beim Wein, wie Waika zu vermuten schien.

Der Tempel tauchte auf. Und mit ihm die Angst. Martin presste beide Hände auf den Bauch. Es half nicht. Vor seinen Augen erschien ihm ein Bündel aus Kleidung und Schuhen. Und Wandas verweintes Gesicht, voll von Zorn und Trauer.

Und draußen in den Bäumen krächzten die Krähen.

War es die Erregung, die ihn zu übermannen drohte oder die Angst im Bauch. Martin hatte keine Ahnung. Violas Körper mit dem seinen verschlungen, erregte ihn. Wandas Tränen beschämten ihn. Das allmählich verglimmende Licht aus der vergangenen Nacht besorgte ihn. Er wusste nicht, warum.

6

Martin schlenderte auf den Tempel zu. Rein zu gehen, drängte es ihn nicht. Er setzte sich links vom Eingang auf den Boden. Gestern war er noch Hand in Hand mit Viola hinein gestolpert. Voller gieriger Erwartung. Jetzt lehnte er sich mit dem Rücken an das von der Mittagshitze erwärmte Gemäuer.

Nebel war aufgezogen und hatte die Sonne in seinen milchigen Dunst aufgesogen. Durch ihn drangen zwei Lichtpunkte ihm entgegen. Begleitet vom sonoren Klang einer stattlichen Limousine. Das Puzzle der vergangenen Nacht war vollendet.

Hans-Ulrich Waika stellte das Auto ab und stieg aus. Leise summte er »Im Krug zum grünen Kranze ...« »Na, der ist ja gut drauf«, murmelte er und schmunzelte. Sein Chef hatte ihn entdeckt, winkte und lief auf ihn zu. »Ein romantischer Platz für ein Schäferstündchen«, meinte er lachend und zeigte auf den Tempel. Martin errötete und presste ein »Gut möglich« zwischen seinen Lippen hervor. »Hast du deinen Kater überwunden?« »Ja, geht schon wieder.« »Na, dann erhol dich noch eine Weile.« Waika wandte sich zum Gehen. Martin lächelte ihn an. »Bloß jetzt keine Diskussion mehr«, meinte er bei sich. Doch der Chef drehte sich noch einmal um und sagte:

»Vielleicht solltest du mal über ein wenig mehr Kalk im Boden nachdenken. Du weißt ja, das reduziert die Säure im Boden und vielleicht auch im Wein selbst. Das weist du als Winzer sicher besser als ich.« »Okay, ich probier`s mal aus«, entgegnete er. Waika schlenderte zurück zum Haus. Martin atmete auf.

»Hallo Wanda, Martin sitzt dort hinten am Tempel. Er scheint ein bisschen niedergeschlagen zu sein. Fahr doch mal hin«. Er hörte aus der Ferne, wie Waika mit ihr sprach. Ihm schwante Böses. Er wäre gern noch ein wenig allein geblieben. Schon vernahm er das Holpern eines Fahrrades auf dem steinigen Weg zum Tempel. Unaufhörlich kam es näher. Bis Wanda scharf abbremste und kurz vor Martins Füßen zum Stehen kam. Sie stieg ab und setzte sich ganz dicht zu ihm. Er rückte ein Stück von ihr ab. Sie kam nach. »Lass das«, sagte er schroff. Sie ignorierte es. Sie kam ran, umfasste seine Schulter und schmiegte ihren Kopf an ihn. Er stand auf. »Hey, zier dich nicht so. Bei meiner Mutter bist du doch auch nicht zimperlich.« Sie war aufgesprungen und bellte es ihm mitten ins Gesicht. Martin schwieg. Er schaute sie aus kalten Augen an. Er bemerkte, wie sich ihre mit Tränen füllten. Sie rannen in Sturzbächen ihr Antlitz hinunter, verharrten am Kinn und taumelten zu Boden. Wanda schluchzte kurz auf. Dann streckte sie ihren Kopf in die Höhe. »Ich werde es meinem Vater erzählen von dir und Mutter, Ich habe gestern genug gesehen«, stieß sie trotzig hervor. Martin erstarrte.

Er stolperte um den Tempel herum zur Rückseite. Bis er sicher war, dass Wanda ihn nicht mehr sehen konnte. Dort lehnte er sich mit dem Rücken an das nebelfeuchte Gemäuer und ließ den Kopf auf die Brust sinken. Ein schmerzender Kloß wütete im Hals. Seine Augen füllten sich mit Tränen. Er schlug die Hände vors Gesicht. Heftige Krämpfe schüttelten ihn. Es war dunkel geworden. Um ihn herum und in ihm.

In gebückter Haltung und mit zittrigen Knien schleppte er sich davon. Stets darauf bedacht, Wanda nicht zu begegnen. Immer wieder suchte er Deckung hinter Bäumen und Büschen. Er kam nur quälend langsam voran. Er erreichte das Winzerhaus und schlich die Treppe zur Wohnung hinauf. In der Hoffnung, von niemandem bemerkt zu werden, bewegte er sich katzengleich. Schon die dritte Stufe knarrte unter seinem Gewicht. So vernehmlich, dass Viola in die Halle trat. »Martin, geht es dir besser? Mein Mann hat mir von deiner Krankmeldung erzählt. Was ist los?« »Ach, das ist schon vergessen«, erwiderte er beiläufig. »Aber, ich habe Wanda vorm Tempel getroffen. Sie hat mir gedroht.« »Wie bitte?« Viola riss die Augen auf. »Sie will alles deinem Mann erzählen.« »Oh, mein Gott, das darf nicht passieren. Was sollen wir bloß tun?« Martin schüttelte den Kopf. »Ich weiß es nicht.« Beide sahen sich an und schwiegen.

Und draußen in den Bäumen krächzten die Krähen.

Ein kühler Windstoß schoss in die Halle. Wanda hatte die Eingangstür mit Schwung aufgerissen und stand Viola und Martin gegenüber. Ihre Hände krallten sich in die Riemen des Rucksackes. Mit heißen Blick aus Wut und Verzweiflung schaute sie die beiden an. Breitbeinig stellte sie sich auf. Zum Angriff bereit. Sie holte tief Luft und öffnete den Mund. Kein Ton war zu hören. Nur ein unterdrücktes Schluchzen. Als ringe sie um Luft. Viola wandte sich ihrer Tochter zu. Sie legte ihre Hand auf die Schulter des Mädchens. Wanda schlug sie weg und trat einen Schritt zurück. »Lass dir erklären ...«, setzte die Mutter an. »Ich will nichts hören«, schluchzte Wanda. »Ich habe genug gesehen.« Sie rannte in die Wohnung und knallte die Tür hinter sich zu. Sie fiel scheppernd ins Schloss. Martin und Viola schauten sich an. Er schüttelte den Kopf und zuckte mit den Schultern. Sie fiel ihm weinend in die Arme. »Was haben wir bloß getan?«, stieß sie hervor. Er hatte keine Antwort. Er drückte sie fest an sich und hielt sie in seinen Armen. Sie atmete tief ein. Ihre Tränen versiegten. Der ratlose Blick wich nicht aus ihrem Gesicht. »Ich muss mit Wanda reden«, sagte Viola. Jetzt mit fester Stimme. Sie wand sich aus Martins Umklammerung. Widerwillig ließ er sie los. Sie stapfte mit derben Schritten Richtung Wohnungstür und stieß sie auf. »Was willst du?«, fragte Wanda sofort und drehte sich abrupt um. Ohne ihre Mutter überhaupt angesehen zu haben. »Ich will mit dir reden«, antwortete Viola. »Ich aber nicht mit dir«, sagte Wanda. Noch bevor die letzten Worte verklungen waren. »Es tut mir leid, aber Martin und ich haben uns ineinander verliebt«, versuchte sie es weiter. »Da kann man nichts machen. Liebe passiert nun mal.« »Ich glaub`s ja nicht«, höhnte Wanda. »Mutter, du bist eine erwachsene Frau und dabei, wegen eines Kerls, der dein Sohn sein könnte, unsere Familie zu zerstören«. Tränen strömten ihr übers Gesicht. »Und außerdem«, schluchzte sie, »gehört Martin mir«. »Ach«, stieß Viola hervor, »daher weht der Wind.«

Und draußen in den Bäumen krächzten die Krähen.

»Ja, daher weht der Wind«, wiederholte Wanda. Sie verschränkte ihre Arme vor der Brust und blickte ihrer Mutter entschlossen in die Augen. So entschlossen, dass Viola erst einmal nichts mehr sagte. Sie holte tief Luft. »Ist es dir ernst mit Martin? Und ihm mit dir?« »Ich weiß nicht. Er zickt rum.« Die Mutter lächelte. »Ha, das freut dich wohl«, entgegnete Wanda mit grimmiger Mine. »Nein, ganz und gar nicht.« Viola legte ihre Hand auf Wandas Schulter. Die ließ es dieses Mal geschehen. Und der Grimm entwich aus ihrem Gesicht. Die weichen Züge eines siebzehnjährigen Mädchens hatten obsiegt über den harten Ausdruck einer trauernden und rachsüchtigen jungen Frau. Martin hatte sich derweil auf die Treppe nach oben gesetzt und wartete. Die Knie an die Brust gezogen und das Kinn darauf gelegt. Sein Herz schlug donnernd gegen die Rippen. Er schloss die Augen. Das Licht in der Eingangshalle schimmerte diffus durch die geschlossenen Lider. Das helle Rot veränderte sich zu dunklem. Dann zuckten Lichtpunkte wie Blitze hindurch und bohrten sich in Martins Hirn. Ein jäher Schmerz raste durch seinen Kopf. Er presste die Fäuste gegen die Schläfen. Es half nicht. Mit beiden Handballen drückte er sich von der Stufe hoch und sackte wieder auf die warme Stelle, die der Hintern hinterlassen hatte. Die Pein sauste von links nach rechts und von vorn und zurück. Kreuz und quer durch seinen Kopf. Ein dickes, schwarzes Tuch legte sich um ihn. Martin fiel vornüber und knallte auf den gefliesten Hallenboden. Er merkte nichts davon.

Drinnen in der Wohnung, schauten sich Mutter und Tochter erschrocken an. Ein dumpfes Beben aus der Halle hatte sie aus ihrer anbahnenden Versöhnung gerissen. Sie stürzten aus der Tür. Viola vornweg, Wanda dahinter. »Martin, Martin«, schrien sie gleichzeitig mit sich überschlagenden Stimmen. Die eine mit samtenem Alt, die andere kreischend. Er rührte sich nicht. Er lag mit verdrehten Armen und Beinen regungslos auf den kalten Fliesen.

Viola beugte sich über ihn und bettete seinen Kopf in beide Hände. Ein dünner Faden Blut kroch darüber und verschmolz mit dem Rot ihrer Fingernägel. Wanda stieß einen spitzen Schrei aus und bedeckte ihr Gesicht. »Schreien hilft nicht«, wies Viola sie zurecht. »Ich rufe jetzt einen Rettungswagen.« Sie griff in ihre Hosentasche, zog das Smartphone hervor und tippte »112«. Wenige Minuten später wühlte ein Notarztwagen der Feuerwehr den penibel geharkten Kiesweg vorm Haus auf. »Was ist passiert«, fragten die Sanitäter. Viola und Wanda zuckten mit den Schultern und wiesen auf den am Boden liegenden Martin. Die Retter schoben die beiden beiseite und beugten sich über den Verletzten. Nach den üblichen Routineuntersuchungen: Pupillenreaktion, Atmung, Puls, sagte der Ältere von ihnen: »Nicht weiter schlimm, vermute ich. Wir versorgen jetzt die Kopfwunde. Dann nehmen wir ihn vorsichtshalber mit ins Krankenhaus zu einer gründlichen Untersuchung.« Wanda und Viola nickten stumm. Martin öffnete die Augen und murmelte: »Nicht ins Krankenhaus.« Man verstand ihn kaum. »Nicht sprechen«, befahl der Sanitäter. »Wir kümmern uns.« Er drückte ihm eine Sauerstoffmaske aufs Gesicht. Zu zweit hoben sie ihn auf die Trage und schoben ihn in den Rettungswagen. »Kann ich mitfahren?«, fragten Wanda und Viola gleichzeitig. »Eine ja, zwei nein«, erwiderte der Fahrer. Die Frauen schauten einander an. Keine wollte der anderen den Vortritt lassen. »Sie müssen sich schon einigen, sonst fahren wir alleine«, meinten die Sanitäter. Keine Reaktion. Sie schlossen die Tür und fuhren los. Die beiden blieben ratlos zurück. Wanda schaute dem Transporter sehnsüchtig nach. Viola auch. »Das kann so nicht weitergehen«, sagte sie zu ihrer Tochter. »Martin soll entscheiden, wenn er wieder fit ist.« Wanda antwortete nicht. Sie schwang sich auf ihr Fahrrad und strampelte dem Rettungswagen hinterher. Viola sah ihr nach und schüttelte den Kopf.

7

Wanda trat kräftig in die Pedalen. Sie orientierte sich an den zuckenden Blaulichtern und kam dem Krankenwagen näher. Der steckte im dichten Verkehr und kam trotz der wiederholt aufheulenden Sirene nur langsam voran. Wanda hatte auf dem parallel zur Straße verlaufenden Radweg freie Fahrt.

Sie war nun neben ihm. Mit aufgeregtem Klingeln ihrer Fahrradglocke erregte sie die Aufmerksamkeit des Fahrers. »Wohin fahren Sie?«, schrie sie ihm durch das geöffnete Fenster zu. »Wir steuern die Klinik Sanssouci in Potsdam,,Helene-Lange-Straße 13 an.«, schrie der Fahrer zurück. »Okay, wir treffen uns dort.«, keuchte Wanda und trat wieder in die Pedalen. Außer Atem kam sie an. Die Blaulichter zuckten noch in der Einfahrt zur Notaufnahme. Die Sanitäter schoben die Liege mit Martin ins Innere. Sie erhaschte einen Blick auf ihn. Er lag regungslos auf dem Rücken und hatte die Augen geschlossen. Die Sauerstoffmaske war nach links verrutscht. Er sah entstellt aus. Wanda erschrak. Sie blieb einen Moment unentschlossen stehen. Dann stieg sie ab und lehnte ihr Fahrrad an die Dachstreben der Einfahrt für die Rettungsfahrzeuge. In dem Moment kam ein aufgeregt gestikulierender Mann im blauen Security-

Overall angerannt. »Das geht so nicht, junge Frau. Hier muss alles frei bleiben. Weg mit dem Rad, aber schnell. Hinterm Haus ist ein Besucherparkplatz. Da gibt`s auch Fahrradständer.« »Entschuldigung«, stammelte Wanda und schob das Rad weg.

Am Haupteingang vor der Klinik stand Viola. Sie hatte sich mit ihrem eigenen Auto auf den Weg gemacht. »Was machst du denn hier?«, fragte Wanda ihre Mutter. »Ich darf mich ja wohl um Martin sorgen. Bestimmt noch mehr als du«, gab sie schnippisch zurück. Sie schritten beide auf die Rezeption zu. Viola immer darauf bedacht, Wanda hinter sich zu halten. »Hier ist gerade ein Herr Lorenz eingeliefert worden. Können Sie uns sagen, wie es ihm geht?«, fragte Viola die Dame hinterm Tresen. »Sind Sie eine Verwandte des Patienten?«, hakte sie nach. »Ja, wir sind die Schwestern« log Wanda schnell. Die Klinikangestellte griff zum Telefon und rief in der Notfallambulanz an. »Es geht ihm soweit gut. Herr Lorenz ist bei Bewusstsein und kommt noch heute auf Station. Die Ärzte wollen ihn zur Sicherheit noch ein paar Tage beobachten. Dort können Sie ihn ab morgen besuchen.« Viola und Wanda bedankten sich und zogen ab.

Draußen fasste Viola ihre Tochter am Arm. »Du bist ja dreist. Belügst Du Martin auch?« »Nein«, entgegnete Wanda. Sie riss sich los und rannte zu ihrem Fahrrad. Ohne sich noch einmal umzudrehen, schwang sie sich auf den Sattel und radelte hastig davon. »Wo willst Du hin?«, rief ihr die Mutter hinterher. Es kam keine Antwort. Sie war schon hinter der nächsten Hausecke verschwunden. Viola stand noch einen kurzen Augenblick unschlüssig vor der Klinik. Dann schlenderte sie zum Parkplatz, stieg in ihr Auto und fuhr davon.

Mutter und Tochter trafen sich im Winzerhaus. Sie sprachen kein Wort miteinander. Ihre Blicke kreuzten sich wie Schwerter feindlicher Kämpfer. Beiden war bewusst, dass sie um denselben Schatz stritten. Und der hieß Martin. Ein Verlierer stand auch schon fest. Und das war Hans-Ulrich Waika. Egal, wie der Kampf ausginge.

Viola führte die erste Parade. »Martin liebt dich nicht. Mir ist er verfallen.« Wanda war getroffen. Sie taumelte zurück, fiel aber nicht. »Ich werde alles Vater erzählen«, schleuderte sie ihren gefährlichen Konter Viola entgegen. Die zuckte zusammen, sammelte sich wieder, hob die Arme und verließ die Kampfbahn. Sie wandte sich der Küche zu. Auf dem Weg dorthin überlegte sie, mit welchem Gericht sie Wanda besänftigen könnte. »Spaghetti passt immer«, dachte sie und machte sich an die Arbeit.

Wanda kam herein. Sie lächelte, als sie den Geruch von Knoblauch, Zwiebeln und gebratenem Hackfleisch wahrnahm. »Wir könnten heute ausnahmsweise mal ein Glas Wein zum Essen trinken«, meinte Viola. Wanda nickte. Sie aßen und tranken. Und sie schwiegen. Das ging so eine Weile. Bis die Mutter ihren Körper straffte. »Das geht so nicht weiter, Wanda«, sagte sie. »Wir müssen eine Lösung finden.« »Und die wäre?«, entgegnete Wanda spitz. »Du kannst dich weiter um Martin bemühen. Ich werde dich nicht daran hindern«, schlug Viola vor. »Mein Verhältnis mit ihm geht dich dann aber auch nichts an. Und deinem Vater sagst du kein Wort. Das ist meine Sache.« Wanda trank einen großen Schluck vom Wein. Sie stellte ihr Glas ab und nickte. Dann nahm Viola ihres und die beiden stießen an.

Am nächsten Vormittag fuhren sie mit dem Auto zu Martin in die Klinik. Dort angekommen, eilten sie sofort in sein Krankenzimmer. Viola hielt Wanda nicht zurück, als ihre Tochter voran lief. Im Sturmschritt eroberte sie das Zimmer, kaum war sie drinnen, fiel sie Martin um den Hals, der aufrecht im Bett saß und in einer Zeitschrift blätterte.

Martin ließ es geschehen und erwiderte sogar ihre Umarmung. Und lächelte dabei. Viola trat ein. Er löste sich behutsam aus Wandas Armen und streckte ihr seine Hände entgegen. Sie fasste zu und ließ sich zu ihm aufs Bett fallen. Er griff ihr an den Hintern und stöhnte sehnsüchtig auf. Wanda wandte sich ab und schaute missmutig aus dem Fenster. Es regnete. Kleine Tropfen rannen unaufhörlich die Scheibe hinab. Immer, wenn sie sich mit anderen trafen, wurden sie dicker und dicker und stürzten endlich rasend auf den Fensterrahmen zu, wo sie zerbarsten und sich nach links und rechts als Rinnsal verflüchtigten. Wanda verfolgte das Tropfenschauspiel ein paar Sekunden. Dann setzte sie sich zu Martin auf die Bettkante. Viola blieb bei ihm liegen. Und seine Hand auf ihrem Hintern.

Es klopfe kurz an der Tür und eine Krankenschwester trat herein, Sie stutzte. »Das Bett ist nur für einen gedacht, den Patienten.« »Oh, Entschuldigung«, stammelten die beiden und sprangen auf. »Ich bringe gerne noch zwei Stühle, wenn Sie möchten.« »Nicht nötig«, sagte Wanda, »wir wollten sowieso gerade gehen.«

»Was sollte das denn jetzt?«, fragte Viola, als sie auf dem Flur standen. »Es funktioniert nicht«, erwiderte Wanda. Sie gingen zum Parkplatz, stiegen ins Auto und fuhren zurück.

Am nächsten Tag klingelte im Winzerhaus das Telefon. Die Klinik in Potsdam rief an. Viola hatte das Gespräch angenommen. »Sie können Herrn Lorenz abholen«, sagte man ihr. »Danke, in einer Stunde bin ich da«, antwortete sie. Viola fuhr los. Sie kam an. Martin stand schon vor der Pforte und wartete. Sie fielen sich in die Arme. »Komm, lass uns einen Abstecher machen«, schlug er vor. »Außer Dir weiß ja niemand, dass ich wieder fit bin.« »Was schlägst Du vor«, fragte sie. »Ein kleines schnuckeliges Hotel auf dem Weg, vielleicht? Oder ein lauschiges Plätzchen im Wald?« »Ein lauschiges Plätzchen in der Natur macht mich mehr an als ein anonymes Hotel«, hauchte ihm Viola ins Ohr und knabberte daran. Erregende Wellen durchspülten Martins Körper. Er umgriff Viola und drückte sie fest an sich. »Komm«, flüsterte er, »lass uns zum Birkenwäldchen fahren. Das ist nicht weit.« Engumschlungen schlenderten sie zum Auto und fuhren los. Martin hatte sich die Wegbeschreibung aus einer Zeitschrift eingeprägt und lotste zielsicher. Viola steuerte ein Stück hinein bis der Weg zu schmal wurde. Sie stiegen aus und wanderten den Weg entlang. Diffus schien die Sonne durch das immer dichter werdende Blattwerk. Ein betörender Duft von altem Holz und feuchter Erde umfing sie.

Nach ein paar Metern tauchte an einer Weggabelung aus dem Halbdunkel ein überdachter Rastplatz für Wanderer auf. Er lag windgeschützt und trocken an einer vom Weg nicht einsehbaren Stelle. Martin zeigte darauf. Viola nickte. Sie schob ihn mit der Hand auf seinem Hintern sanft in die Hütte. Er seufzte. Sie setzten sich auf die ringförmig angebrachten Bretter. Viola fröstelte. Der Boden unter ihren Füßen dunstete den feuchtkalten Atem des Waldbodens aus.Er legte ihr seine gefütterte Lederjacke um die Schultern. Es nützte nichts. Er nahm sie in den Arm. Ihr Bibbern übertrug sich auf ihn. Sie schauten sich an und schüttelten gleichzeitig, sachte mit dem Kopf. »Das mit dem Birkenwäldchen war wohl doch nicht so eine gute Idee«, meinte Martin. »Stimmt«, sagte Viola lachend. »Was machen wir jetzt?«, fragte sie. »Lass uns erstmal zum Auto zurück«, meinte er. Sie nahmen den Weg, den sie gekommen waren.

Die Sonne hatte auf ihrem Weg eine Lücke zwischen den Bäumen erreicht und schien jetzt direkt auf ihren Wagen. Sie öffnete die Tür. Aus dem Innern kam ihnen ein warmer Hauch entgegen. »Oh, wie angenehm«, hauchte sie in Martins Ohr. Sie setzten sich hinein. Die Kälte der Waldhütte schwand aus ihren Körpern. Es roch nach Violas Parfüm. Der Duft, der Martin so erregte, erfüllte rasch den Innenraum. »Macht dich das an?«, raunte sie ihm zu. »Und wie«, seufzte er. »Dann lass uns hierbleiben«, meinte Viola. Er nickte. »Ist dir warm genug?«, fragte Martin fürsorglich. »Ja, herrlich«, hauchte sie und schaute ihm tief in die Augen. Er legte seine rechte Hand auf ihren linken Oberschenkel und griff sacht zu. Viola stöhnte leise. Und er wurde mutiger. Die Finger wanderten behutsam höher. Violas Stöhnen wurde heftiger. Martin griff ihr in den Schritt. »Nein«, rief sie, »wir dürfen das nicht. Du verlierst deinen Job und ich meine Familie.« Erschrocken ließ er los und sank zurück in seinen Sitz, »Nur einmal noch, bitte«, flehte er, »es braucht doch niemand zu erfahren.« Viola zögerte, setzt sich aufrecht und zog ihr Kleid zurecht. Martin streichelte sanft ihren Nacken. Sie atmete heftig und schnurrte wohlig. Ihre Anspannung schwand. Sie rutschte tiefer in ihren Sitz. Dann nahm sie seine Hand von ihrem Nacken und legte sie auf ihre Brust. Martins Atem ging schneller, das Herz pochte drängend gegen seine Rippen. Er fasste zu und streichelte zart das festweiche Fleisch. Und fühlte ihre harten Spitzen. »Ach Martin«, stöhnte sie und ließ es geschehen.

Violas Wagen sah aus wie ein durchwühlter Kleiderschrank. Überall lagen Klamotten herum. Im Fußraum, auf den Sitzen und dem Schalthebel. Martin fand sein T-Shirt eingeklemmt in der Klappe vom Handschuhfach. Es stand jetzt einen Spalt offen. Er grinste und zog es hervor. Viola lachte und fischte ihren Slip vom Wählhebel des Automatikgetriebes. Dort hing er wie eine Fahne am Mast. Ohne Wind. Nach und nach suchte jeder die eigenen Kleidungsstücke zusammen und zog sie an.

Sämtliche Scheiben waren von innen beschlagen. Viola öffnete beide Türen und ließ den Dunst in den Wald entweichen. Für Sekunden hing er wie eine dünne Wolke zwischen den Bäumen. Dann löste er sich auf. »Komm, lass uns fahren«, sagte sie und startete den Motor. Sie holperten über den Waldboden und erreichten die Landstraße.

Und draußen in den Bäumen krächzten die Krähen.

Martin wies den Weg nach Sanssouci. Viola hielt das Lenkrad fest umklammert. »Du«, druckste sie, »es war sehr schön und aufregend, aber es darf nicht mehr geschehen, hörst du.« Martin nickte. Seine Augen füllten sich mit Tränen. Er schluckte und blieb stumm. Sie löste eine Hand vom Lenkrad und strich ihm übers Haar, das zerzaust um den Kopf hing. »Du solltest dich kämmen, bevor wir wieder unter Menschen kommen«, meinte sie lächelnd. Martin nickte erneut. »An der nächsten Kreuzung müssen wir nach links abbiegen.« »Ist gut«, antwortete Viola und setzte den Blinker. Dann kamen sie an.

Hans-Ulrich Waika kam aus der Garage, in der er seinen prächtigen Dienstwagen abgestellt hatte. Er winkte den beiden zu. »Geht`s besser, Martin?« »Ja Chef, ich bin ohne Befund entlassen.« »Na, dann ist ja alles wieder gut. Ich freue mich. Danke Viola, dass du unseren Winzer abgeholt hast.« »Gerne«, meinte sie. Waika ging ins Haus. Kurz vor der Tür blieb er stehen, drehte sich um und drückte seiner Frau einen Kuss auf die Wange. »Hätte ich beinahe vergessen«, sagte er lächelnd und verschwand in der Halle. Martin und Viola schauten sich verdutzt an. »Leidenschaft sieht anders aus«, unkte er. Sie nickte versonnen. »Tschüss, Martin«, sagte sie und folgte ihrem Mann ins Haus. Er sah ihr nach und seufzte.

Dann ging er ebenfalls ins Winzerhaus und stieg hinauf in seine Wohnung. Dort nahm er sich sein Briefpapier mit dem Wappen des Weingutes Sanssouci und begann zu schreiben. »Sehr geehrter Herr Waika«, weiter kam er nicht. Sollte er das Liebesverhältnis zu Viola offenbaren? Er zögerte. Dann schrieb er: »Ich habe mich in Ihre Frau verliebt« und erschrak. Er legte den Füllhalter beiseite und zerriss den Briefbogen in klitzekleine Fetzen. Er achtete sorgsam darauf, dass kein Wort mehr zu entziffern war. Er vergrub den Kopf in die Arme. Und schämte sich seiner Feigheit. Dann öffnete er das Fenster und steckte den Kopf hinaus. Tief sog er die kühl gewordene Luft des späten Nachmittags in sich ein. Unten vor dem Haus erblickte er Wanda. Martin zog sich vom Fenster zurück und schloss es tonlos. Er fürchtete, dass sie ihn entdecken würde. Und wieder schämte er sich seiner Feigheit. Er wanderte im Zimmer umher. Mehrmals durchmaß er es von rechts nach links und von vorn nach hinten. Und stieß doch immer gegen eine Wand. »Ich muss hier mal für eine Weile verschwinden«, murmelte er leise.

Vor ein paar Wochen hatte er in einer Weinbauzeitschrift das Porträt eines deutschen Winzers gelesen. Der hatte in der Toskana ein Weingut gegründet. Etliche Jahre musste Ludwig Rot, der sich jetzt Ludovico Rossi nannte, investieren, experimentieren, ausprobieren, bis ihm ein Wein gelang, der auch in italienischen Fachkreisen auf Anerkennung, ja Bewunderung stieß. »Den will ich kennenlernen«, sagte sich Martin. Wieder kramte er sein Briefpapier und den Füllhalter hervor. Er schrieb: »Sehr geehrter Herr Waika, um meine Fähigkeiten als Winzer für unser Weingut weiter zu verbessern, ersuche ich Sie um einen mehrtägigen Bildungsurlaub in der Toscana. Mit freundlichen Grüßen, Martin Lorenz.« Er legte den Zeitschriftenartikel in Kopie zu dem Schreiben. Er steckte beides in einen Din A5-Umschlag. Er verschloss ihn nicht. Am Abend schlich er die Treppe hinab in die Halle und warf ihn in Waikas Briefkasten.

Das Telefon läutete, bevor eine Stunde vergangen war. »Waika hier. Martin, das hätten Sie mir doch auch persönlich sagen können. Wir beide brauchen keinen formellen Schriftverkehr. Also gut, genehmigt. Aber bitte erst ab der nächsten Woche. Die Vorbereitungen für die Lese müssen Sie noch abschließen, dann können Sie reisen.« »Vielen Dank, sehr großzügig von Ihnen.« Das Gespräch war zu Ende. Martin legte auf und holte tief Luft. Ein Lächeln umspielte sein Gesicht.

8

Er legte gleich los. Schrubbte Pressen, Zentrifugen, Rebscheren. Brachte den Traktor auf Vordermann, betankte ihn, füllte Öl nach, prüfte den Reifendruck. Er reinigte die Kiepen. Und Martin organisierte per Mail die Schar der Lesehelfer. Es waren die vom letzten Jahr. Zwanzig junge Frauen und Männer, die ihm damals mir ihrem Enthusiasmus und ihrer Fröhlichkeit angenehm aufgefallen waren. Alle sagten zu.

Zuletzt sprühte er die reifen Trauben mit in Wasser gelöstem Gesteinsmehl ein. Das vergällte den in dieser Jahreszeit fürchterlich aggressiven Wespen den Appetit und schützte die Trauben vor Sonnenbrand.

Zufrieden und im Bewusstsein, alles für den Erfolg der bevorstehenden Lese unternommen zu haben, setzte er sich auf den Traktor und drehte eine Runde durch den Weinberg. Die Gedanken trugen ihn in die Toskana. Er träumte: Entspannt, aber mit festem Schritt wandelte er durch eine Zypressenallee auf das Weingut von Ludovico Rossi zu. Der deutsche Winzer, so hatte er im Artikel erfahren, baute Wein in der Toskana an. Zu ihm würde Martin in der nächsten Woche reisen. Er wippte auf dem Sattel und summte: »È il momento di salutarci, es ist Zeit, Abschied zu nehmen« nach einem Lied mit

Sarah Brightmann und Andrea Bocelli. Es war ihm stets ins Herz gedrungen. Und jetzt noch mehr. Tränen standen ihm in den Augen, als er den Schlepper zurück in den Schuppen steuerte.

Er rannte zurück in seine Wohnung. Martin griff sich den Laptop und suchte im Internet das Weingut Rossi. Er schrieb eine Mail und bat um einen Termin. Am folgenden Mittwoch nahm er den Zug von Berlin nach Siena. Der fuhr frühmorgens um halb fünf. Für Viola hinterließ er einen Zettel »Ich komme wieder«, waren seine letzten Worte darauf.

Schlaftrunken noch, setzte er sich ins Taxi und ließ sich zum Hauptbahnhof nach Berlin chauffieren. Die Straßen glänzten nass vom Nebel. Er hüllte den Mietwagen ein wie eine Daunendecke. Die Heizung des Diesels wummerte. Martin kauerte sich in seine Jacke und schlief ein. »Hallo, mein Herr, wir sind da«, weckte ihn der Fahrer, »macht 77,80«. Er gab ihm 85. »Vielen Dank und gute Reise.« Martin stapfte über das nassschmierige Pflaster in die Haupthalle. Sie war gähnend leer um die Uhrzeit. Und sie kam ihm riesig vor. Vereinzelt huschten graugesichtige Gestalten mit meist hochgeschlagenen Mantelkragen an ihm vorüber. Alle suchten wie er ihr Abfahrtsgleis. Seine erste Station würde Bern sein. Der Zug fuhr im Untergeschoss los., Es war hier mit »tief« bezeichnet. »Komisch«, fand Martin. Er kannte sich nicht aus. Der

Fahrstuhl brachte ihn. Der Zug war pünktlich. Mehr als acht Stunden Fahrt bis zum ersten Umsteigebahnhof in der Schweiz lagen vor ihm. Dann weiter über Mailand bis nach Siena. Das nächtliche Aufstehen steckte ihm noch in den Knochen. Er kuschelte sich in seinen Sitz und schlief ein.

Er träumte: Ludovico Rossi wiegte eine üppige Traube mit dicht sitzenden tiefroten Beeren in der Hand. Seine Augen strahlten mit der toskanischen Sonne um die Wette. »Kommen Sie, Martin, der Wein will getrunken werden«. Er führte ihn in sein Gut. In den feuchtkühlen Keller, der von der Hofauffahrt zugänglich war. Das Anwesen klebte am Felsen, inmitten der es umstehenden Rebstöcke. Drinnen umfing ihn der Geruch von feuchter Erde und altem Holz. Riesige Fässer säumten das Gemäuer. Ludovico entkorkte eine Flasche und goss ein. Sie tranken. Martin spürte einen samtigen Geschmack. Er wachte auf.

Am Zugfenster zogen die Kiefern Brandenburgs vorbei. Er nahm die Karte mit der Fahrtroute aus der Abteiltasche und versuchte sich zu orientieren. Der Zug bewegte sich mit mäßigem Tempo nördlich von Magdeburg in Richtung Hannover. Von dort würde er endlich scharf nach Süden schwenken. Er tagträumte von Viola. Ihre Figur formte sich aus einer der unzähligen Kiefern, die im Takt des gleichmäßigen Ratterns des Zuges lautlos an seinem Abteilfenster vorbei zogen. Martin versetzte sich in die Toskana und ihre Gestalt wandelte sich allmählich in die Figur einer betörenden italienischen Signora. Eine Baumkrone zauberte ihr einen Strohhut auf ihre schwarzen Locken, die ihr wie Zweige in der Stirn und um die Ohren hingen. Das Gewirr vom Unterholz umkränzte die schlanken Stämme wie Stiefeletten ihre schmalen Fesseln.

Der Zug näherte sich Bern und die Stimme des Zugbegleiters riss ihn aus seiner Fantasie. Mürrisch schaute Martin auf die fleckigen Polster des Abteils. Es war Mittag geworden und ein Hungergefühl breitete sich in seinem Bauch aus. Er verließ den Platz und schlenderte Richtung Speisewagen. Kleine Pfeile an den Wänden des Ganges wiesen ihm den Weg. Drei Wagons musste er durchqueren, ehe der Duft von Gebratenem und Gesottenem ihm sein Ziel ankündigte. »Was darf ich Ihnen bringen, mein Herr?« »Ich hätte gern die Spaghetti und dazu einen Chianti.« »Gern, kommt sofort.« Martin aß und trank. Der Wein machte ihn müde.

Auf schweren Beinen schlich er zurück auf seinen Platz. Er kuschelte sich wieder in die Abteilecke und schlummerte ein. Die Fahrt durch die Schweiz nahm er nur schemenhaft wahr. Am Alpenpanorama zeigte er kein Interesse. Berge, die höher waren als Hügel, flößten ihm Angst ein.

Nach drei Stunden erreichte der Zug Mailand. »Na«, fand Martin, »immerhin schon mal Italien.« Er hatte hier eine Stunde zum Umsteigen nach Firenze. Er verließ den Bahnhof nicht. Es gab genug zu sehen. Allein die mit antiken Ornamenten bestückte biglietteria est, auf Deutsch Ostkasse, lohnte einen Besuch, ohne eine Fahrkarte kaufen zu müssen. Martin schlenderte durch die Haupthalle. Eine fast schon religiöse Andacht beschlich ihn. Er konnte sich nicht sattsehen an der prunkvollen Gestaltung des Bahnhofes. Alle Stationen, die er aus Deutschland kannte, waren Zweckbauten, die den Fahrgästen ermöglichten, möglichst rasch und ohne Probleme von einem Zug in einen anderen zu wechseln, anzukommen oder abzufahren. Außer ein paar Geschäften, den Bedarf an Essen und Trinken zu befriedigen, gab es selten mehr Kurzweil. Ganz anders hier in Mailand. Dieser Bahnhof flößte ihm Ehrfurcht ein wie eine Kathedrale.

Martin schlenderte, noch immer staunend, zurück zu seiner Verbindung nach Firenze Rifredi, der letzten Station vor Siena. Der Stadt in der Toskana, von der aus er zum Ziel, dem Weingut von Ludovico Rossi, wallfahren wollte. Ja, er empfand es als Ort einer Pilgerreise mit nahezu heiligem Charakter.

Der Zug fuhr in den Bahnhof Siena ein. Martin war fast am Ziel. Von der schönsten Stadt Italiens hatte er einiges gehört und gelesen. Ein ehrfürchtiger Schauer umfasste ihn wie die Kutte einen frommen Mönch. Sie wurde ihm weggerissen. Er stieg aus und betrat einen Bahnhof, der ihm, im Vergleich zur Mailänder Kathedrale, anmutete wie eine schäbige Vorstadtkirche in einem heruntergekommenen Industriegebiet mit Baracken für zugewanderte Leiharbeiter.

Sein Traum vom Genuss verflog. Das Fass aus edlem Holz war in einen schalen Metallbehälter verwandelt. Er atmete tief. Und wurde seiner Enttäuschung nicht Herr. Er verließ den Bahnhof und trat ins Freie. Die Nacht umfing ihn wie ein schwarzes Tuch aus Samt. Weich und warm. Ein zarter Windhauch blies ihm den schweren Duft steinigen Bodens in die Nase, vermischt mit der betörenden Süße von Akazien. »Wie der Duft nach frischem Holz und feuchter Erde«, fand er und meinte Viola. Sehnsucht kroch in den Bauch. Und Wehmut umwölkte sein Herz.

Und draußen in den Bäumen krächzten die Krähen.

Martin wandte sich zum Taxistand. »La casa Signori Rossi?«, radebrechte er. Der Fahrer verstand. »Ah, zum deutschen Winzer.« Es war nicht weit. Sie kurvten eine Viertelstunde durch die hügelige Landschaft. Die meiste Zeit davon über von Zypressen gesäumten Alleen. Entlang an Gärten und Olivenhainen, flüchtig beleuchtet von den, den Kurven folgenden Scheinwerfern. Das Auto stoppte und der Fahrer wies auf ein Bruchsteinhaus am Fuß eines ausladenden Weinberges. »Da wohnt er, der deutsche Winzer«, meinte der Chauffeur und stellte den Motor ab. »Grazie«, stammelte Martin und zog die Geldbörse aus seinem Rucksack. »No, no«, der Fahrer hob abwehrend die Hände. »Willkommen bei uns in der Toskana.« Sein Fahrgast sagte wieder »Grazie, grazie« und stieg aus.

Die Ankunft des Taxis war bemerkt worden. Ein groß gewachsener Mann mit kräftiger Statur kam winkend darauf zu. »Herzlich willkommen, Ich bin Ludwig Roth oder besser hier Ludovico Rossi. Sie müssen Martin Lorenz aus Potsdam sein, nicht wahr«, sagte er lächelnd und reichte ihm die Hand. Er griff nach ihr und ließ sich ins Haus ziehen. Durch eine mächtige, mit Eisen beschlagene Holztür. Direkt in den Fasskeller. Ein feuchtkühler Hauch traf sein Gesicht, als er am Arm von Ludovico Rossi eintrat. Der führte ihn zu einem aufrecht stehenden Holzfass in der Mitte des Kellers. Es diente als Tisch. Darauf standen drei Gläser, einige Scheiben Bruschetta und eine geöffnete Flasche Chianti. In ihr spiegelte sich eine züngelnde Kerzenflamme. Ludovico bat ihn, sich zu setzen. »Die Signora kommt auch gleich dazu. Dann stoßen wir an.« »Sehr gern, Grazie«, meinte Martin. Die Vorfreude auf ein Glas nach der langen Fahrt ließ ihn den samtigen Geschmack des Weines schon auf der Zunge erahnen. Im Mund sammelte sich Speichel.

Auf der Treppe hinab zum Keller vernahmen sie Schritte »Ah, da kommt die Signora«, sagte Ludovico und lächelte. Aus dem Dunkeln trat eine kleine, etwas kompakte Dame mit raspelkurzen, schwarzen Haaren ins Kerzenlicht. »Hallo, ich bin Signora Rossi. Herzlich willkommen«, flötete sie in den Raum. Sie zeigte ihre schneeweißen Zähne. »Die habe ich mir ganz anders vorgestellt«, meinte Martin bei sich und sagte: »Hallo, ich heiße Martin Lorenz. Sehr nett, Sie kennenzulernen. Danke, dass ich bei Ihnen sein darf.« »Genug der Komplimente. Lasst uns anstoßen auf unseren Gast aus Germania«, meinte Ludovico und füllte die Gläser. »Morgen zeige ich Ihnen unser Weingut. Dann können wir über den Anbau, den Boden und die Trauben plaudern«, meinte Ludovico.

Die Flasche war rasch geleert. Martins Augen wurden schwer. Signora Rossi führte ihn ins Gästeappartement im ersten Stock. Im Bad rieb er sich den Reisestaub aus dem Gesicht und ließ sich ins Bett fallen. Bevor ihn der Schlaf wie eine dunkle Decke umhüllte, erschien ihm Signora Rossi. Ein Lächeln umspielte sein Gesicht. Unschuldig.

9

Es kitzelte am rechten Daumen. Martin schlug die Augen auf. Ein winziger, rotschwarz gestreifter Käfer krabbelte geschwind auf dem Fingerglied auf und nieder, beschienen von den Strahlen der toskanischen Morgensonne. Sie hatte ihren Weg durch die Ritzen der hölzernen Fensterläden gefunden.

Martin lächelte. Mit der linken Hand schob er sanft die Bettdecke zur Seite. Darauf bedacht, das Insekt auf seinem Weg nicht zu behindern. Es gehörte mit zur Gastgeberfamilie. Auf Zehenspitzen und ohne seine Arme zu bewegen, wandte er sich dem Badezimmer zu. Auf dem Weg dorthin setzte er den Käfer behutsam auf der Unterseite des zurückgeschlagenen Deckbettes ab. Dem Insekt noch ein bisschen Wärme gönnend.

Er duschte, zog sich an und schritt die ausladende Treppe zur Küche hinab. Er traf auf Francesca Rossi. Mit dem Schneebesen verquirlte sie drei Eier und goss sie in eine Pfanne, in der Tomaten, Oliven und Paprika schmorten. Auf einer Holzplatte neben dem Herd hatte sie Ciabatta, Schinken, Käse und Wurst angerichtet. Die Küche durchzog ein mediterraner Duft. Martins Magen sehnte sich grummelnd danach.

»Guten Morgen Herr Lorenz, haben Sie gut geschlafen?«, lachte sie ihm entgegen. »Vielen Dank, ganz wunderbar.«

Ludovico kam herein. Er rieb sich die Hände. Ein breites Grinsen beherrschte sein Gesicht. »So etwas bekommt er nicht jeden Tag«, sagte schmunzelnd seine Frau. Die Drei frühstückten. Ausgiebig bis in die Mittagsstunde. »Martin, erzählen Sie mal. Wie läuft es so im Weingut Sanssouci?«, fragte Ludovico. »In Potsdam ist der Weinbau natürlich viel kleiner und bescheidener, fast schon beschaulich. Kein Vergleich zu Ihrem hier.« Ludovico hatte sich zu Martin gewandt und seine Hand auf dessen Arm gelegt. »Erst einmal ganz herzlichen Dank, dass ich bei Ihnen sein darf. Ich fühle mich sehr wohl hier in Ihrem Haus«, sagte Martin. Viola erwähnte er nicht. Auch von Wanda erzählte er nichts. Schon gar nichts von seinen Gefühlen und Begierden. Er schaute abwechselnd Francesca und Ludovico an. »Gerne getan, wir freuen uns«, antworteten beide wie aus einem Mund. Martin griff in seinen Rucksack. Er hatte ihn mit zum Frühstück gebracht und dafür einige erstaunt fragende Blicke seiner Gastgeber geerntet. Er zog eine Bronzefigur heraus. Sie trug den Titel *Manchmal ist Schweigen die beste Antwort.* »Oh, ist die schön. Vielen Dank«, sagte Francesca spontan. Ihre Augen glänzten. Das Gastgeschenk schmückte noch eine Weile den Tisch.

Dann stand Ludovico auf, legte seine Hand wieder auf Martins Schulter und sagte: »Kommen Sie, ich führe Sie durch`s Weingut.« »Oh ja, sehr gern. Da kann ich bestimmt noch viel lernen.« Die beiden zogen ab. Wie zwei beste Freunde.

»Wir wandern erst einmal durch die Reben. Dann zeige ich Ihnen, was wir hier anbauen«, meinte Ludovico. Martin nickte. Mit weit ausladenden Schritten marschierten sie los. »Hauptsächlich bauen wir hier die Rebsorte Sangiovese an. Sie kennen sie in Deutschland vom Chianti. Er besteht zum Großteil daraus.« Martin nickte. »An der Küste des Mittelmeers, nicht weit von hier, baut man auch Cabernettrauben an. Wir machen das nicht. Das sind Sorten französischen Ursprungs und passen meiner Meinung nach nicht gut zur Toskana. Die Winzer dort erzielen damit zum Teil horrende Preise. Darauf kommt es mir aber nicht an. Aus der Toskana sollen nur rein toskanische Weine kommen. Ehrlichkeit ist mir wichtiger als Profit. Ich kann auch so gut leben.« Wieder nickte Martin. »Ich verstehe«, behauptete er.

»Des weiteren keltern wir den typisch toskanischen Vin Santo. Das ist ein süß ausgebauter Dessertwein. Er schmeckt ganz hervorragend zu unserem traditionellen Mandelgebäck. Das sollten Sie heute noch probieren. Sie werden begeistert sein. Das sind die Stöcke dort drüben nahe beim Haus. Sie bekommen da die meiste Wärme.

Das ist gut für den Zucker.« »Oh ja, gerne«, heuchelte Martin. Er war kein Freund von zuckrigen Sachen. Er sagte aber nichts.

Sie wandten sich dem Keller zu. Ludovico öffnete die riesige Holztür mit einem ebenso riesigen Schlüssel. Er trug ihn stets an einer langen Kette, tief in seiner Hosentasche vergraben. Dem Keller entströmte ein feuchtkühler Duft von reifem Holz. Den Wein roch man nicht. »Wir haben hier eine Fußbodenheizung eingebaut«, erklärte der Winzer. »Damit können wir den Gärungsprozess in den Fässern anregen.« Martin verstand nicht so recht, nickte aber wieder beflissen. »Kommen Sie, für heute ist der Rundgang beendet. Der Vin Santo wartet auf uns.« Martin nickte erneut, lächelte dabei etwas säuerlich. Ludovico hatte es bemerkt. »Wenn Sie Süßes nicht so mögen, haben wir auch einen herzhaften Schinken für Sie. Das harmoniert ebenfalls.« Martin lächelte jetzt befreit. Die beiden Männer stiegen über eine steile Treppe zum Wohnhaus hinauf.

Oben wartete Signora Rossi. Auf dem Tisch standen ein riesiger Teller mit Mandelgebäck, eine Flasche Vin Santo und drei Gläser. »Unser deutscher Freund ist kein Freund von süßen Sachen. Haben wir noch etwas vom herzhaften Parmaschinken?«, fragte Ludovico seine Frau. »Ja, sicher«, antwortete sie und verschwand. Kurz darauf kehrte sie mit einem mächtigen Holzbrett zurück. Auf ihm lag ein Laib Schinken, dunkelrot mit feinen weißen Äderchen durstocksteifchzogen. Die eine Hälfte hatte sie angeschnitten und in dünne Scheiben geteilt. »Greifen Sie zu«, forderte Signora Martin auf. »Der würzige Schinken harmoniert ganz hervorragend zum süßen Wein.« Martin schob sich eine Scheibe Schinken in den Mund und begann, bedächtig auf ihr zu kauen. Dann nahm er einen Schluck vom süßen Wein und ließ beides im Mund zueinander finden. Er schloss die Augen und brachte ein langgezogenes »Oh« über die Lippen. Sein Gesicht glänzte. »Na, habe ich zuviel versprochen?«, fragte Ludovico. »Keineswegs«, entgegnete Martin, noch immer kauend. Mit Verzückung im Blick. »Eine grandiose Geschmackssinfonie aus Würzigkeit und Süße.« Er hatte den Mund noch voll und seine Worte verschwammen zu einem undeutlichen Buchstabensalat. Francesca und Ludovico hatten verstanden. Sie lachten beide aus vollem Hals über seine schwerfällige Sprache, untermalt von einem verzückten Gesichtsausdruck. Das süße Mandelgebäck rührte er nicht an.

Am nächsten Tag zeigte ihm Ludovico die technischen Geräte seines Weingutes. Sie beeindruckten Martin nicht. Auch in der Toskana waren Handarbeit und Fingerspitzengefühl die wichtigsten Werkzeuge. »Wir bearbeiten unsere Reben mit Herz und Hand«, meinte Ludovico lächelnd. »Guter Wein braucht Liebe, Zuwen-

dung und Sonne. Und davon haben wir hier reichlich.«
Martin nickte. Damit war alles gesagt.

Am nächsten Tag reiste er zurück nach Potsdam. Ludovico chauffierte ihn bis Siena. Dort, am Bahnsteig, verharrten beide unschlüssig voreinander. Dann, von einem plötzlichen Drang gesteuert, fielen sie sich in die Arme. Und blieben innig umschlungen einen Augenblick stehen. Der Zug fuhr ein. Sie lösten sich voneinander. Sie sahen sich an und bemerkten, wie ihnen die Gesichter rot geworden waren. Martin wandte sich ab und stieg ein. Er öffnete sein Abteilfenster, streckte einen Arm weit hinaus und rief »Addio amico mio«. Ludovico lachte und wollte seine Hand ergreifen. Der Zug aber hatte Fahrt aufgenommen und er konnte nur noch seinen Arm in die Höhe reißen. Jetzt winkten sie sich zu. Sie winkten und winkten. Dann versanken die wedelnden Arme im Dunst des toskanischen Spätsommertages. Wie Indianerspeere im Abspann eines Western.

Martin ließ sich in den Sitz fallen. Er spürte noch Ludovicos kräftige Arme, die seinen Körper umschlossen hatten. Dann nur noch das monotone Rattern der Räder. Er war wieder allein auf dem langen Weg nach Sanssouci. Und ihm war, als höre er von dort das Krächzen der Krähen draußen in den Bäumen. Er sehnte sich nach Viola. Und er fürchtete sich vor Konflikten, die es noch gestern nicht zu geben schien. Der toskanische Wein, die

Sonne, Francesca und Ludovico. Er hatte es genossen in unbekümmerter Harmonie. Jetzt verschwand es wieder mit jedem Meter, den sich der Zug davon entfernte. Ratternd, fauchend begegnete seinem Zug eine betagte Dampflok aus Richtung Norden. Martin erschrak. Aus den Augenwinkeln sah er, wie eine Schar Krähen krächzend vor ihr aus dem Gleisbett floh und in alle Richtungen davon flog.

Martin empfand keinen Hunger. Süßen Wein mit Parmaschinken gab es im Bordrestaurant nicht. Er hatte es vergeblich in der Speisenkarte gesucht, die im Abteil auslag. Sein Gaumen war verwöhnt von Francescas Zaubereien und Ludovicos Wein. Da konnte das Bordrestaurant nur verlieren. Martin verschob das Essen und Trinken bis nach irgendwann.

Er schaute aus dem Fenster. Der Zug näherte sich der Überquerung der Alpen. Und ihm wurde wieder mulmig. Die gewaltig Gipfel weiß vom ewigen Schnee und die abgründigen Täler flößten ihm Angst ein. Er fröstelte, obwohl im Abteil die Heizung wummerte. Dann ein fernes Grollen. In ungefährlichem Abstand donnerten Schneemassen in einer gigantischen Lawine zu Tal. Er erinnerte sich an Viola und die Surfwelle, die auf ihn zu wogte, als er allein mit ihr im Winzerhaus vor dem Kamin gesessen hatte. Sie versprach noch Seligkeit oder Verderben. Die Lawine nur den Tod. War es ein Zeichen, unter dem seine Rückkehr nach Potsdam stand? Er hatte keine Vorstellung. Eine dunkle Ahnung legte sich um sein Gemüt. Dunkel wie der Schnee, wenn man unter ihm begraben wird. Noch schien er gleißend weiß durchs Abteilfenster und schmerzte in den Augen. Er schloss sie. Nichts als blutrote Helligkeit drang durch seine Lider. Blutrot wie der Fleck auf dem Teppich im Winzerhaus.

Martin stand auf und verließ das Abteil.

Draußen auf dem Gang erblickte er den Griff einer an der Wand festgeschraubte Notbremse. Er blieb stehen und starrte den Bügel an. Er schob seine Hand in dessen Richtung. Er schaute nach rechts und links. Dann noch einmal nach links und wieder nach rechts. Niemand war zu sehen. Er war allein. Jetzt berührte er sacht den kalten Stahl. Seine Finger zitterten. Martin zog die Hand zurück. Er vergrub sie in der Hosentasche. Und ballte sie darin zur Faust. Mit ihr schlug er durch den Stoff gegen die Schenkel. Immer und immer wieder. Als wolle er sich geißeln. Wieder schämte er sich seiner Feigheit. Wie damals, als er den Brief an Hans-Ulrich Waika zerrissen hatte, noch bevor er ihn zu Ende geschrieben hatte. »Damals«, dachte er, »damals in einer ganz anderen Welt und zu einer ganz anderen Zeit.« Seitdem war nicht einmal eine Woche verstrichen. Es schien ihm wie eine Ewigkeit.

Jetzt war er auf dem Weg zurück. In ein Leben, das ihm fremd geworden war. Fremd und unheimlich. Nur Viola zog ihn an einem unsichtbaren Band dorthin. Sie zerrte. Das Seil riss nicht.

10

Der Zug rollte behutsam in den Hauptbahnhof Berlin ein. Martin stieg aus und nahm den Lift in die Haupthalle. Er kannte sich ja jetzt aus. Zumindest die wichtigsten Wege waren ihm vertraut. Größe und Geschäftigkeit des Hauptstadtbahnhofs beeindruckten und verwirrten ihn. Er bummelte noch ein wenig durch die Gänge. Sie waren breit wie Straßen. Er fand nichts, woran seine Augen länger als ein paar Sekunden hängen blieben. »Prächtig wie in Mailand geht es hier nicht zu«, fand er und schaute sich, gelangweilt und ernüchtert, die Geschäfte an. »Kommerz statt Kultur«, murmelte er vor sich hin. Dann nahm er eilig die Rolltreppe zum Ausgang. Dicht umdrängt von gesichtslosen Gestalten, die alle nur die Absicht zu haben schienen, ihr nächstes Ziel zu erreichen. Verweilen wollte niemand. Warum auch? Öfter erkannte er Hektik in den Augen der ihn umringenden Menschen. Smartphones schrillten allerorten und komponierten die Symphonie des kalten Geschäfts.

»Aus dem Weg«, schrie jemand hinter ihm. Der kam die nach unten fahrende Treppe heruntergelaufen. Er hätte Martin beinahe umgerannt, wenn er sich nicht zur Seite ans Geländer gedrückt hätte, um einen Spalt frei zu geben. Unbeschadet kam er unten an. Martin atmete schwer und schüttelte sich den Schrecken aus den Gliedern. »Nichts wie weg hier«, dachte er. Dem Gedränge entkommen, schlenderte er jetzt bewusst gemessen auf den Taxistand zu.

»Niemand weiß, dass ich wieder zurück bin«, schoss es ihm in den Kopf. Er griff zum Smartphone und rief Viola an. Ein spitzer Freudenschrei drang an sein Ohr, als sie seine Stimme vernahm. »Martin, wo bist du?« »In Berlin, vorm Hauptbahnhof.« »Warte dort. In einer knappen Stunde bin ich bei dir«, japste sie ins Telefon. Und er wartete.

Es regnete. Ein feiner, fieser Nieselregen schwebte durch die Luft. Kein heftig auf die Erde prasselnder Guss. Eher ein Vorhang aus winzigen Tropfen, der vom Wind getrieben, manchmal eher die Beine statt den Kopf benetzte. Da half ein Schirm nicht.

Martin fröstelte. Mit der Hand versuchte er, das Nass von seiner Jacke zu schlagen. Er rieb sie nur tiefer ins Gewebe. Er drückte sich rücklings ans Gebäude und suchte Schutz unter dem hochgewölbten Vordach. Er entkam dem Nieselregen nicht. Hineinzugehen in den trockenen und geheizten Raum der Eingangshalle kam ihm nicht in den Sinn. Er fürchtete, Viola zu verpassen. Vielmehr ließ er die Nässe des Nieselregens in seine Glieder kriechen. Von der einen Stunde Wartezeit waren knapp zehn Minuten vergangen, da sah er zum dritten Mal auf das Zifferblatt der Uhr an der zentralen Zuganzeige. Der vertraute er mehr als seinem Smartphone, dessen Akku sich allmählich dem Tod näherte. Er vernahm die Warnung als drängendes Piepen. So, als ringe sein Telefon um Luft.

Er atmete in kurzen Stößen. Der Gedanke an Viola ließ sein Herz holpern. Aus Verzückung, Verlangen und Angst. Im ersten Gedanken überwog die unbändige Lust auf sie. Dann schoss die Furcht in den Magen. Schweißperlen standen auf seiner Stirn, die sich mit dem nassen Vorhang des Nieselregens zu einem kalten Band um den Kopf verbanden.

Und draußen in den Bäumen krächzten die Krähen.

Martin stapfte ein paar Schritte über den Bahnhofsvorplatz. Sein Gang war schwerfällig. Die Beine gehorchten ihm nicht mehr wie sonst. Beinahe wäre er ins Stolpern geraten. Er lehnte sich an eine der Stützen, die das Vordach hielten. Der Schreck durchraste seinen Leib. Er atmete tief ein und gewann allmählich die Kontrolle über seinen Körper zurück. Die Knie hörten auf zu zittern. Und die Beine gaben wieder Halt. Eine halbe Stunde war vergangen. Seine Kleidung war durchnässt. Und der Nieselregen schickte weiter nassgraue Schwaden durch die Luft. Er nahm ihn schon lange nicht mehr wahr. So stand er eine Weile da. Mit hängenden Schultern, den Kopf gesenkt. An ihm klebten die Haare in wirren Strähnen.

Dann merkte er einen Druck auf seinen Schultern. Er drehte sich um und schaute Viola direkt ins Gesicht. Sie strahlte ihn an. »Martin, wie schön, dass du wieder da bist.« Sie fiel ihm um den Hals. »Warum stehst Du hier draußen im Regen? Du hättest doch drinnen in der Halle warten können.« »Nein, zu viele Menschen, Hektik«, antwortete er und nahm sie in den Arm. Eng umschlungen standen sie eine Zeit auf dem Bahnhofsvorplatz. Violas Kleidung, nur oberflächlich feucht, sog Martins Nässe wie ein Schwamm auf. Bis beide, immer noch eng umschlungen, tropfnass voneinander ließen. Hand in Hand marschierten sie schnellen Schritten zum Auto. Ihre Füße wichen den Pfützen nicht mehr aus. Es lohnte sich nicht.

Mit dem Funkschlüssel öffnete sie ihren Wagen aus der Ferne. Die kurz aufflammenden Blinkleuchten meldeten Vollzug. Sie stiegen ein. Wie zwei nasse Sandsäcke ließen sie sich in die Polster fallen. Auf denen bildeten sich rasch ausbreitende Feuchtgebiete um ihre Körper. Zuerst um ihre Hintern, gefolgt von nassen Rückenlehnen. Sie ignorierten es. Die Fensterscheiben beschlugen innen so schnell, dass schon bald dicke Tropfen an ihnen hinab rannen. Sie verschwanden auf immer in den Auslassöffnungen der Heizung. Viola startete den Wagen.

Sie stellte die Lüftung auf volle Leistung und öffnete die Fenster einen Spalt. Langsam drängte das die Feuchtigkeit nach draußen. Die Sicht besserte sich und sie fuhren los Richtung Sanssouci. Innerhalb weniger Kilometer breitete sich eine wohlige Wärme im Auto aus. Trocken waren sie noch nicht. Sie saßen jetzt in einer fahrenden Sauna. Zur Regennässe gesellte sich ihr Schweiß. »Puh«, stöhnte Viola. Sie streifte ihren Mantel von der Schulter und ließ ihn achtlos nach hinten fallen. Sie knöpfte ihre Bluse bis zum BH auf, nahm eine Hand vom Lenkrad und fächelte sich Luft zu. Es nützte nichts. Schweißtropfen rannen ihr übers Gesicht. Flehend sah sie einen Moment zu Martin hinüber. Auch er hatte sich seines Mantels entledigt. Dabei sah er gebannt zu, wie sie ihre Kleidung gelockert hatte. Unauffällig nickend, schien er sie in ihrem Benehmen zu bekräftigen. Viola hatte es bemerkt und knöpfte ihre Bluse weiter auf.

Martin atmete hastiger. Dann schüttelte er resigniert mit dem Kopf. »Lass es«, flüsterte er und sank zurück in seinen Sitz. »Du hast Recht«, nickte sie und knöpfte ihre Bluse wieder zu. Schweigend setzten sie ihre Fahrt nach Potsdam fort. Sie kamen an. Hans-Ulrich Waika stand vor dem Haus und winkte ihnen zu. »Wie aufmerksam von dir, Martin abzuholen«, begrüßte er seine Frau. Er wandte sich dem Winzer zu. Wanda kam aus dem Haus, rannte auf Martin zu und fiel ihm um den Hals. Er blieb stocksteif stehen und erwiderte ihre Umarmung nicht.

Die drei Älteren wandten sich ab und gingen ins Haus. Die Tochter ließen sie stehen. Martin trottete hinterher. Er schloss die Tür. Aus den Augenwinkeln sah er, wie Wanda wütend mit dem Fuß auf den Kiesweg stampfte. »Trotziges Kind«, entfuhr es Waika. Viola nickte. Martin sagte dazu nichts. Er bemerkte, wie ein Gefühl von Mitleid gegenüber Wanda in ihm aufstieg. Er wehrte sich dagegen nicht. Viola, Hans-Ulrich und er setzten sich an den Küchentisch. Waika holte eine Flasche Regent aus dem Weinregal. Er öffnete sie und goss jedem ein Glas ein. »Herzlich willkommen zu Hause«, sagte er und prostete Martin zu. »Erläutere doch mal den Unterschied zum Wein aus der Toskana«, forderte er seinen Winzer auf. »Nun«, hob Martin an, »unser Tropfen ist gelungen, gar keine Frage. Der aus der Toskana aber ist vollmundiger, runder und gereifter. Erwachsener eben. Das mag an der Sonne, der Landschaft, dem Boden und nicht zuletzt an der italienischen Mentalität, dem Dolce Vita, liegen. Das habe ich dort erlebt.« »Das ist hier in Preußen nicht so leicht hinzukriegen«, lachte Waika und nahm noch einen Schluck. Viola tat es ihm nach und schaute dabei Martin tief in die Augen. Der errötete. Waika hatte es nicht bemerkt.

11

Behutsam senkte sich die Klinke der Küchentür. Wanda öffnete sie und trat hinein. Vorsichtig und ohne lautes Getöse. Tags zuvor hatte sie ihren 18. Geburtstag gefeiert. Ein riesiges weißes Festzelt war vor dem Belvedere aufgebaut. Mittendrin, von Blumen umkränzt, stand ein knallrotes E-Bike. Ein Geschenk ihrer Eltern. Wanda tanzte minutenlang drumherum, kreischend vor Begeisterung.

Martin hatte sich nicht an der Feier beteiligt. Er schämte sich. Jetzt umso mehr, da er gewahr wurde, wie aus dem nervigen Teenager eine Dame geworden war, deren Gesellschaft in ihm ein behagliches Gefühl erzeugte. Es knisterte ein wenig. Martin war verwirrt. Und betört. Er wandte den Blick nicht von ihr ab. Dann stand er vom Tisch auf, ging zu ihr und nahm sie in den Arm. »Ganz liebe Glückwünsche auch von mir«, sagte er und drückte sie fest an sich. Wanda strahlte. »Danke«, hauchte sie in sein Ohr, das sie mit ihren Lippen zärtlich berührte. Martin errötete. Wandas hauchfeine Berührung durchfuhr ihn wie ein leichter Stromstoß, der ihm nicht wehtat. Es kam ihm eher vor, wie die Berührung einer Blüte in einer Sommerwiese. Viola runzelte die Stirn. Sie warf einen streng fragenden Blick zu Martin herüber. Der senkte die Augen und zuckte kaum merklich mit den Schultern. Entschuldigend zwar, aber hilflos. Viola begriff. Sie lehnte sich zurück in ihrem Stuhl und kreuzte die Arme vor der Brust.

Hans-Ulrich Waika hatte von der stummen Unterhaltung nichts mitbekommen. »Ich freue mich, dass wir alle beisammen sind«, sagte er und öffnete eine zweite Flasche. »Auf meine erwachsene Tochter«, sprach er und goss Wanda ein Glas ein. »Danke, Papa«, erwiderte sie lächelnd und trank. In winzigen Schlucken. Martin schaute ihr zu. Und ließ den Blick nicht von ihr. »Hast du Lust, mit mir dein neues Fahrrad auszuprobieren?«, fragte Martin unvermittelt. Viola zuckte zusammen. »Oh ja, gerne«, jubelte Wanda und sprang auf. »Nimmst du mein altes Rad und ich mein E-Bike?«, fragte sie und war schon fast draußen. »So machen wir das«, rief Martin und eilte ihr nach. Waika und Viola blieben verdutzt zurück. Er lächelte und sie starrte verbittert vor sich hin, sagte aber kein Wort. »Die beiden geben ein hübsches Paar ab«, meinte Waika. »Findest du?«, erwiderte sie. Und erwartete keine Antwort.

Wanda und Martin radelten beschwingt davon. Er trat kräftig in die Pedalen. Er schaffte es nicht, mit ihr mitzuhalten. Die elektrische Unterstützung beim E-Bike leistete ganze Arbeit. Er schnaufte und sie jubelte. Lachend zog sie davon. Ihr Kleid flatterte im Wind. Nach der nächsten Biegung hielt sie an und wartete. »Jetzt kannst du mir nicht mehr davonlaufen«, sagte sie strahlend, als er sie endlich keuchend erreicht hatte. »Du hast Recht«, japste er lachend. Er nahm sie in den Arm und legte den Kopf an ihre Brust. Und atmete den frischen Fahrtwind aus ihrer Bluse, vermischt mit dem dezenten Duft eines Parfüms, das sie von Tante Marie, der Schwester ihres Vaters, zum Geburtstag bekommen hatte. Sie roch nicht mehr nach Schule und nasser Kreide. Martin atmete tief ein. »Komm, lass uns weiterfahren«, meinte er. »Ich werde es dir schon zeigen.« Wanda lachte und schwang sich auf ihr E-Bike. Die Straße führte jetzt bergan. Martin trat mit aller Kraft in die Pedalen. Keine Chance. Wanda zog beschwingt davon. Lachend drehte sie sich auf dem Sattel um und winkte ihm zu.

Sie radelten, schon weit entfernt voneinander, auf eine mit Blumen übersäte Wiese zu. Wanda streckte einen Arm in die Höhe und zeigte darauf. Dann steuerte sie direkt dorthin und fuhr hinein. Sie bremste, stieg ab und legte ihr Fahrrad behutsam ins Gras. Sie ging in die Hocke und ließ sich rücklings in die Wiese fallen. Arme und Beine von sich gestreckt, lag sie zwischen den Blumen und wartete auf Martin. Er kam hinzu und legte sich neben sie auf die Wiese. Wandas Atem ging ruhig und gleichmäßig. Er rang nach Luft.»Na, wer war wohl schneller?«, fragte Wanda. »Du natürlich«, erwiderte Martin. »Aber mit `nem E-Bike ist das ja auch keine Kunst«, lachte er. Er nahm ihre Hand und drückte sie sanft. »Ach, Martin«, hauchte Wanda und schmiegte sich an ihn. Er rückte nicht von ihr ab und legte seinen Kopf auf ihre Brust. Sie lauschten dem Zwitschern der Vögel. Und er hörte aus der Ferne das Krächzen der Krähen draußen in den Bäumen. Ein kalter Schauer durchströmte ihn. Er zitterte. Und die Sonne brannte heiß auf ihren Körpern. »Oh, ist das schön hier«, flüsterte Wanda und schlang ihre Arme um ihn. »Komm, lass uns zurückfahren«, sagte er zu ihr. »Aber nicht um die Wette, sondern gemeinsam.« »Warum?«, fragte sie. »Es gefällt mir hier so gut.« »Glaube mir, es ist besser für uns beide«, entgegnete er mit bestimmter Stimme. »Schade«, maulte sie. Sie standen auf und küssten sich wie zum Abschied, bestiegen ihre Räder und fuhren los. Nebeneinander und ohne Eile. Beim gemächlichen Radeln hielten sie sich bei den Händen.

So kamen sie am Winzerhaus an. Viola stand davor. Mit zornigem Blick, die Arme vor der Brust verschränkt. Dass sie ihn an ihre Tochter verloren hatte, gestand sie sich nicht ein. »Komm, Martin, wir müssen reden. Ohne Wanda.« Die rannte an ihr vorbei ins

Haus. Er blieb zurück und schaute Viola fragend an.

Und in seinen Ohren dröhnte das Krächzen der Krähen draußen in den Bäumen.

»Hast du mit meiner Tochter geschlafen?«, fragte sie scharf. »Nein, wir haben nur eine kleine Fahrradtour unter Freunden gemacht.« Viola runzelte die Stirn. »Lüg mich nicht an.« Sie drehte sich um und folgte Wanda ins Haus. Martin blieb ratlos zurück. Mit hängendem Kopf schlich er in den Geräteschuppen. Er griff sich ein paar Werkzeuge, zog hier und da ein paar Schrauben nach, die nicht locker waren. Er putzte Klingen, die nicht schmutzig waren und ölte Scharniere, die nicht trocken waren. Er nahm sich einen Kanister und füllte Diesel in den Tank des Schleppers, der noch zu mehr als zur Hälfte gefüllt war. Er ließ die Luft aus den Reifen und füllte sie mit dem Kompressor erneut. Dann prüfte er den Ölstand. Er war in Ordnung. Er kämmte sich die Haare. Seine Frisur saß einwandfrei. Martin schrubbte den Boden, bis kein Stäubchen mehr übrig war.

Er verließ den Schuppen und verriegelte die Tür. Draußen vor dem Winzerhaus traf er auf Viola. Sie war hinaus ins Freie getreten, um sich eine Zigarette zu gönnen. »Du rauchst?«, fragte Martin. »Nein, eigentlich nicht«, antwortete sie. »Nur, wenn ich nicht mehr weiter weiß. Dann suche ich nach einer Antwort im Blauen Dunst.« »Was quält dich denn?« »Du«, entgegnete sie und inhalierte tief. Den Rauch blies sie ihm mitten ins Gesicht. Martin wich einen Schritt zurück und hustete. Mit angewiderter Mine sah er sie an. »Wanda und ich haben einen kleinen Fahrradausflug unternommen. Mehr war nicht.« »Wirklich nicht?«, hakte Viola nach. »Nein, warum misstraust du mir?«, fragte er. Sein Gesicht umwölkte ein schwarzer Schatten. In den weit aufgerissenen Augen spiegelten sich Angst und Entsetzen. Die Hände zitterten, als er die Arme nach ihr ausstreckte. Sie trat einen Schritt zurück und wich ihm aus. Er folgte ihr nicht. Alle Spannung verließ ihn. Mit gesenktem Kopf und hängenden Schultern sah Martin sie aus mit Tränen gefüllten Augen an. »Bitte«, brachte er noch mit erstickter Stimme hervor. Mehr nicht. Er drehte sich um und rannte auf den Geräteschuppen zu. Martin riss die Tür auf und verschwand im Dunklen. Drinnen setzte er sich auf die Deichsel des Grubbers und schlug die Hände vors Gesicht. Die Tränen, die ihm zwischen den Fingern hervorquollen, wischte er nicht ab. Er saß eine Weile. Ein unkontrolliertes Schluchzen schüttelte seinen Körper. Er wurde ihm nicht Herr.

Die Schuppentür quietschte. Ein gleißender Lichtkegel traf ihn. In ihm, nur als Schattenriss erkennbar, stand Viola. Sie bewegte sich auf ihn zu. Martin erhob sich. Seine Knie zitterten. An der Deichsel suchte er Halt. Mit der freien Hand wischte er sich Tränen und

Trauer aus dem Gesicht. Mit mäßigem Erfolg. Sie drehte sich zur Tür und schloss sie. Im ersten Moment war es stockfinster. Bis ihre Augen sich an das spärliche Licht im Schuppen gewöhnt hatten. Aus Violas Schattenriss formte sich ihre Gestalt in fahler Farbe. Martin war nicht mehr geblendet.

Er sah sie an. Sein Blick traf sie ins Herz. Und ließ jetzt auch ihre Knie zittern. Er bemerkte es und streckte die Hand nach ihr aus. Viola griff zu und zog ihn an sich. Eng umschlungen standen sie im Dämmerlicht des Schuppens. Sie sprachen nicht und hörten gegenseitig dem Schlagen ihrer Herzen zu. Martins pochte heftig gegen seine Brust. Die Schwingungen übertrugen sich auf Viola. Deren Busen empfing eine rhythmische Massage. Sie fasste Martin an der Schulter und schob ihn behutsam von sich. Er wehrte sich nicht, trat einen Schritt zurück und setzte sich wieder auf die Deichsel. »Ich sage es dir noch einmal«, hob er an. »Ich habe dich nicht mit Wanda betrogen. Ein harmloser Fahrradausflug. Sonst nichts.« Viola setzte sich neben ihn und legte die Arme um seine Schultern. »Nun gut, ich will es dir glauben. Aber bitte gib mir nie wieder einen Anlass, an deinen Worten zu zweifeln.« Martin zuckte zusammen, entwand sich ihren Armen und rückte von ihr ab.

Viola stand auf, drehte sich um und verließ den Schuppen. Durch die geöffnete Tür fiel ein gleißender

Lichtstrahl. Er tat ihm weh. Martin schloss die Augen. Viola zog die Tür hinter sich zu. Wie eine Decke umhüllte ihn jetzt die Dunkelheit. Ihm war warm und kalt zugleich. Er räkelte sich im kontrastarmen Dämmerlicht des Schuppens. Viola bedrängte ihn nicht mehr. Er fröstelte, weil er allein war. Allein mit der heimlichen Liebesbeziehung zu einer verheirateten Frau, deren Mann obendrein sein Chef war. Allein mit der aufkeimenden Zuneigung zu Wanda. Er schlug sich mit beiden Fäusten an die Stirn. Vergeblich. Die durcheinanderwirbelnden Gefühle und Gedankensplitter in Kopf und Herz vermochte er nicht zu sortieren.

Er stand auf und lief ziellos im Schuppen umher. Er trat gegen die Reifen des Schleppers und verstauchte sich den rechten großen Zeh. Ein stechender Schmerz schoss durch den Fuß bis hinauf zum Oberschenkel. Martin schrie auf. So laut, dass es bis nach draußen zu hören war. Wimmernd ließ er sich wieder auf der Deichsel nieder. Der Fuß war entlastet. Der Schmerz ließ nach.

Wieder quietschte die Tür des Schuppens in ihren Angeln. Wanda trat herein. Im Raum breitete sich der Geruch nach Holz und feuchter Erde aus.

Und draußen in den Bäumen krächzten die Krähen.

Er schaute ihr in die Augen. In ihnen erblickte er Trauer und Mitleid. »Martin, was ist passiert?«, stieß sie hervor und stürzte auf den auf der Deichsel kauernden

Winzer zu. »Oh, nichts weiter. Ich habe mir bloß den Fuß am Treckerreifen gestoßen«, beschwichtigte er. Wanda setzte sich dicht zu ihm. Ihre Oberschenkel berührten sich. Er rückte nicht von ihr ab.

Sie saßen eine Weile schweigend nebeneinander. Die Wärme ihres Körpers vertrieb rasch die Kälte aus ihm. Er reckte sich und streckte die Arme in die Höhe. Sein Gewicht lastete jetzt direkt auf der stählernen Deichsel. Sie drückte ihm ihre Härte mit Wucht in den Hintern. Er verzog sein Gesicht zu einer angewiderten Grimasse. »Dein Fuß?«, fragte Wanda besorgt. »Nein«, antwortete er spontan. »Ich kann bloß nicht mehr sitzen auf diesem harten Ding.« »Na, dann suchen wir uns doch was Bequemeres«, meinte Wanda und stand auf. Suchend schweiften ihre Blicke durch den Schuppen. Sie deutete auf einen riesigen Stapel zusammengelegter Saatgutsäcke im hinteren Teil des Schuppens. »Sieht echt kuschelig aus«, meinte sie und sprang mit dem Po voraus hinein. Tief sank sie ein und federte zurück. Lachend landete sie wieder auf den Füßen. »Komm, probier auch mal«, rief sie Martin zu. Der, angelockt von der weichen Unterlage, zögerte nicht und sprang ebenfalls in den Stapel. Beide kullerten ausgelassen wie Kinder durcheinander. Bis sie sich, erschöpft von der Balgerei, in den Armen lagen. Wanda kuschelte sich an Martin. Er ließ es geschehen und sog ihren Duft nach Holz und frischer

Erde in sich. Wärme durchströmte seinen Körper. Alles Frostige war von ihm gewichen. »Ich fühle mich unendlich wohl«, hauchte er in Wandas Ohr. »Ich mich auch«, flüsterte sie zurück.

Und draußen in den Bäumen krächzten die Krähen.

Über Martins Gesicht huschte ein Sorgenschatten. Im Magen setzte sich Angst fest. Er löste sich aus Wandas Armen, stand auf und verließ wortlos den Schuppen. Sie blieb ratlos zurück. Ihre Augen füllten sich mit Tränen. Sie rannen in Bächen über ihr Gesicht. Martin sah es nicht mehr. Bevor die Schuppentür krachend ins Schloss fiel, hörte er im Weggehen ihr Schluchzen. Dann weinte Wanda hemmungslos. Das drang an sein Ohr und umfing seine Beine wie ein Lasso. Es brachte ihn beinahe zu Fall. Mit Mühe hielt er sich aufrecht. Die Knie zitterten. Er schaffte es nicht, weiter zu gehen. Er stakste ein paar Schritte und blieb stehen. Zögernd drehte er sich um und schaute sehnsüchtig zurück zum Schuppen.

Er streckte den Brustkorb und sprach kaum vernehmlich »Nein« zu sich. Die Kraft kehrte zurück in seine Beine und Martin schritt auf das Winzerhaus zu. Er öffnete die Tür und stieg die Treppe zur Wohnung hinauf. Drinnen setzte er sich in den Sessel, schmiegte sein Kinn in die Hand und seufzte. Martins Gedanken kreisten um Wanda und sie kreisten um Viola. Bilder von beiden taumelten in seinem Kopf umher. Manche legten sich übereinander und verschmolzen miteinander. Wanda wurde zu Viola und die reife Frau zum Teenager. »Eine Mischung aus beiden, das wär`s«, murmelte Martin. In Gedanken hatte er jeder etwas genommen und zugleich hinzugefügt. Er wog den Kopf hin und her, grübelte und schüttelte ihn. »Nein«, sagte er zu sich, »eine Schimäre kann ich nicht lieben«. Er verscheuchte die plötzliche Eingebung aus seinen Gedanken. Ratlos sank er zurück in den Sessel. Die Bilder quälten ihn weiter.

Er nahm eine Flasche Wein, schüttelte sich und stellte sie zurück. Mit einer energischen Bewegung stand er auf und lief nach draußen an die frische Luft. Der Wind blies ihm kräftig ins Gesicht. Sein Körper wankte wie seine Gedanken. Dann stapfte er festen Schrittes in den Weinberg. Er ließ seinen Blick über die frisch abgeernteten Rebstöcke schweifen. Martin atmete tief ein. Der Geruch von Holz und feuchter Erde grub sich ihm ein. Und legte sich wie Baldrian auf seine Seele. Behutsam umfasste er eine Rebe und streichelte ihr Holz. »Hier liegt meine Bestimmung«, flüsterte er sich zu.

Und draußen in den Bäumen blieben die Krähen stumm.

Martin lief zurück zum Winzerhaus. Er klopfte an die Wohnungstür der Waikas. Viola öffnete. »Was willst Du?«, fragte sie in barschem Ton. Hinter ihr stand Wanda. Und sie lächelte ihn an. Er tat einen großen Schritt auf sie zu und schlang seine Arme um beide. Viola blieb stocksteif stehen und versuchte, sich der Umarmung zu entziehen. Er griff fester zu. Und drückte die Frauen aneinander. Wanda schob die Arme zwischen sich und ihre Mutter und vergrößerte wie mit einem Keil die Entfernung zu ihr. »Aua«, schrie Viola. Wanda hatte ihr die Brust gequetscht. Martin ließ beide los und trat einen Schritt zurück. »Entschuldigung, war als Versöhnung gemeint«, stammelte er. »Aber die wollt ihr wohl nicht.« »Nein«, entgegneten beide wie aus einem Mund.

»Jetzt habe ich es mir wohl mit beiden verscherzt«, meinte er zu sich und zog mit hängendem Kopf von dannen.

Martin zog sich in den Geräteschuppen zurück. Er setzte sich auf den Traktor, umfasste das Lenkrad und schaute sich um. Hier hatte er mit Wanda herumgetollt und war als nackter Adonis Viola begegnet. »Das ist alles lange her«, grübelte er. Es kam ihm vor, als sei es nie geschehen. »Ich hätte auf viel Lust und auf noch viel mehr Stress verzichtet«, kam ihm in den Sinn. Martin schob den Gedanken wieder von sich. Die Erinnerung an die Leidenschaft mit Viola und die aufkeimende Lust an Wanda bewahrte er tief in sich. Sie zu vergessen, tat weh, als zerrisse es sein Herz.

12

Die Schuppentür knarrte. Herein trat Hans-Ulrich Waika. Er schaute ernst. Ein wenig grimmig gar. Zur Begrüßung lächelte er nicht. Seine Augen formten einen schmalen Sehschlitz. »Martin, ich muss Sie etwas fragen. Von Ihrer Antwort hängt möglicherweise Ihre Zukunft hier auf dem Weingut ab.« Der zuckte zusammen. »Haben Sie etwas mit meiner Frau, ja oder nein?«

»Ja«, erwiderte er, ohne zu zögern. »Wir lieben uns und wir haben miteinander geschlafen. Nicht nur einmal.« Waikas Antlitz verdüsterte sich. »Sie hören von mir«, sagte er, drehte sich um und verließ den Schuppen.

»Nun ist es raus«, entfuhr es Martin und er lächelte. Auf das, was jetzt passieren würde, verschwendete er keinen Gedanken. Froh darüber, dass das Versteckspiel ein Ende hatte.

Tags drauf fand er im Kasten einen Brief von Hans-Ulrich Waika. Versehen mit dem offiziellen Kopf der Gärten von Sanssouci. Nach der förmlichen Anrede »Sehr geehrter Herr Lorenz«, fand er Formulierungen wie »Bruch des Vertrauensverhältnisses« oder »tiefe Enttäuschung«. Martin überflog den Rest des Schreibens und legte den Brief beiseite. Gekündigt hatte ihm Waika nicht. Er ließ ihn zappeln. Seine Freiheit war dahin. Er stand fortan unter ständiger Beobachtung. Das empfand er demütigender als eine unmissverständliche Entlassung. Für ihn stand fest: Er musste hier weg.

Und draußen in den Bäumen krächzten die Krähen.

Oben in seiner Wohnung packte er den Koffer und schrieb zwei kurze Briefe. Es waren eher Notizen. Für Waika: »Ich kündige«. Für Viola: »Ich bin weg, aber ich verlasse dich nicht.« Dazu in winziger Schrift die Anschrift von Ludovico Rossi. An ihn schrieb er nicht. Er war überzeugt, auch ohne Ankündigung willkommen zu sein. Er täuschte sich nicht.

Am nächsten Morgen, früh um fünf, trat er seine zweite Reise in die Toskana an. Der Weg war ihm bekannt und er langweilte sich. Die Gedanken waberten ungeordnet in seinem Kopf umher. Sie zuckten hastig zwischen Viola, Wanda und Waika hin und her. Und verharrten kaum ein paar Sekunden bei ihnen. Auf der Fahrt durch die Alpen ging eine Lawine nicht weit von den Gleisen nieder. Auf diesem Streckenabschnitt hatte der Zug vorsorglich seine Fahrt verlangsamt, um notfalls rasch zum Stehen zu kommen. Es war nicht nötig. Ein heftiges Grollen allein zeugte von der nahen Gefahr. Martin zog den Kopf zwischen die Schultern und hielt sich die Ohren zu. Seine Augen flackerten. Der Zug nahm Geschwindigkeit auf. Er atmete auf und rückte sich wieder aufrecht in den Sitz. Die Wolkendecke brach auf und die Sonne beleuchtete ein Alpenpanorama. Er nahm es zum ersten Mal in seiner Pracht wahr. »Grandios«, murmelte er und lächelte.

Im Bahnhof Mailand kaufte er eine Krawatte in der Farbe des Chianti für Ludovico und ein Tuch für Francesca Rossi. Es leuchtete wie das Weinlaub in der Sonne.

In Siena nahm er sich wieder ein Taxi zum Ziel. Ludovico sah das Auto mit dem Schild auf dem Dach. Er schaute genauer hin, erkannte Martin auf dem Beifahrersitz, breitete die Arme aus und lachte. Er rannte auf das Taxi zu, öffnete die Tür, zerrte seinen Gast heraus und fiel ihm um den Hals. »Ich hatte sosehr gehofft, dass du wiederkommst, sei herzlich willkommen.« »Sehr lieb von dir«, stotterte Martin verlegen. Ein paar Tränen rannen ihm übers Gesicht. Sie schlenderten zum Fasskeller und Ludovico entkorkte eine Flasche. »Francesca«, rief er, »du ahnst nicht, wer da ist.« Die Signora kam gelaufen. Sie stieß einen spitzen Freudenschrei aus und fiel Martin in die Arme. Die raspelkurzen Haare zitterten auf ihrem Kopf. Er strich einmal darüber und lächelte. Die Rossis nahmen ihn in ihre Familie auf wie einen Sohn. »Einen zweiten Winzer können wir hier sehr gut gebrauchen«, meinte Francesca, »Ludovico wächst die Arbeit über den Kopf.« Der nickte zustimmend. »Ich hatte ohnehin schon seit längerer Zeit vor, mein Volumen zu begrenzen und noch mehr in Qualität zu investieren. Dabei kannst du mir helfen«, ergänzte Ludovico. »Ja, sehr gern«, antwortete Martin und strahlte.

»Na, dann wollen wir erstmal deine Ankunft feiern. Wein gibt es ja genug. Francesca zaubert sicher gern eine typische toskanische Leckerei dazu. Nicht wahr, mein Schatz?« »So machen wir das«, antwortete lachend die Signora. Sie strich sich über die Stoppelhaare und verschwand im Haus. »Lust auf Grillen?«, fragte Ludovico zu Martin gewandt. »Ja, sehr gern«, antwortete der. Er verschwand im Geräteschuppen, der um einiges größer war als der, den Martin in Sanssouci benutzte. Ludovico schob einen imposanten Grillwagen hinaus auf den Platz, der sich vor dem Fasskeller ausbreitete. Beide füllten die Feuerschale mit reichlich Holzkohle und zündeten sie an. Der laue Wind des Spätsommerabends ersetzte den Blasebalg und in wenigen Minuten war der Grill gleichmäßig durchgeglüht. Ludovico hatte derweil eine Flasche vom letztjährigen Chianti classico entkorkt. »Auf gute Zusammenarbeit«, sprach der Weinbauer. Sie prosteten sich zu. »Und auf unsere Freundschaft«, ergänzte er. Martin stiegen Tränen in die Augen.

Und draußen in den Bäumen krächzten keine Krähen.

Francesca kam mit einem Tablett aus dem Haus und trat zu den beiden Männer an den Grill. Auf dem Servierbrett lagen drei saftige Steaks, eine Handvoll ungeschälter Kartoffeln, eine Schüssel, gefüllt mit buntem Salat und eine Flasche Olivenöl. Ludovico goss ihr einen Chianti ein. »Wir haben schon auf unsere Freundschaft angestoßen«, meinte er. »Bist du dabei?« »Na klar«, entgegnete sie. »Vielleicht wird eine neue Familie daraus«, fügte sie hinzu. Sie griff ihr Glas, stieß mit Martin an, bot ihm das Du an und nahm ihn in den Arm. Wieder stiegen ihm die Tränen in die Augen.

Ludovico legte das Bisteca alla fiorentina auf den Rost und beträufelte es mit Öl. Nach ein paar Minuten wendete er es und streute Salz auf die angebratene Seite. Wenige Minuten später war das Fleisch fertig gegart. Außen dunkelbraun und kross. Innen rosa und saftig. Die Pellkartoffeln lagen am Rand des Grills. Sie bekamen weniger heftige Hitze und zogen gemächlich und gleichmäßig durch, ohne zu verbrennen. Der rauchige Duft der Holzkohle bestimmte ihr Aroma. Francesca verteilte Fleisch, Kartoffeln und Salat auf drei rustikale Teller. Ludovico hatte zwischenzeitlich eine weitere Flasche vom Chianti entkorkt. Man ließ es sich schmecken.

Bis spät in die Nacht saßen sie vorm Haus beisammen. Sie schmiedeten Pläne. Ludovico wandte sich zu Martin. »Ich rufe morgen ein paar Freunde und Kollegen an. Sie werden uns gern helfen, den Wein-

keller zur Hälfte auszuräumen. Pietro ist Innenarchitekt. Er hat meist originelle Ideen, wie wir aus dem Rest eine schnuckelige Wohnung für dich zaubern können.«
»Grandios!«, Martin strahlte.

Fünf Burschen, Francesco, Alessandro, Andrea, Lorenzo und Matteo zogen am nächsten Morgen lachend und schwatzend auf den Hof. Pietro schlenderte, einen Skizzenblock unter dem Arm, gemächlich hintendran. Mit vielstimmigem »Ciao« und mehreren Luftküssen für Francesca begrüßte man sich bei bester Laune. Der Hausherr legte den Arm um seinen Gast und rief in die Runde: »Das hier ist Martin, unser Freund aus Deutschland. Er wird in Zukunft bei uns leben und arbeiten.« Der verbeugte sich und lächelte. Die Helfer kamen einer nach dem Anderen zu ihm und schüttelten ihm die Hand.

Ludovico fuhr den Gabelstapler aus dem Geräteschuppen. Auf seiner Hubfläche standen eine Kiste Wein, Gläser und eine Schachtel mit mehreren Korkenziehern. Die Männer begrüßten die Fuhre mit lachendem Salute. Sie rannten in den Keller, beluden den Stapler und Ludovico transportierte Fass nach Fass ins Freie. Jedem seiner Helfer schenkte er vier davon.

Der Keller war zur Hälfte ausgeräumt. Pietro schritt hinein. Er setzte sich auf eines der übrigen Fässer und legte den Kopf in seine Hände. Einen Augenblick verharrte er. Dann flog der Bleistift behände über den Skizzenblock. Ludovico schaute ihm beim Zeichnen zu. Pietro scheuchte ihn fort. »Entschuldigung«, stammelte der und verschwand.

Ewig, so schien es den anderen, blieb der Architekt im halbleeren Fasskeller. Dann, nach etwa einer Stunde, gesellte er sich wieder zur Schar der Freunde. Seinen Block hatte er zugeklappt. Er winkte Martin zu sich, fasste ihn am Arm und zog ihn in den Keller. Von draußen sah man, wie er ihm gestikulierend etwas erklärte. Es war nicht zu hören. Behutsam blätterte er den Skizzenblock auf und reichte ihn zu Martin hinüber. Stille. Dann ein spitzer Freudenschrei. Schemenhaft erkannten Francesca, Ludovico und die anderen, wie Martin sich vor Pietro verbeugte und gleich darauf einen ungelenken Tanz vollführte. Die draußen schauten sich verdutzt und voller Neugier an. Sie strömten gemeinsam in den Keller. »Martin scheint es zu gefallen. Du musst noch dein Okay geben«, meinte Pietro zu Ludovico. Der nickte verhalten und kratzte sich nachdenklich am Kinn. »Da muss ich wohl noch etliche Flaschen verkaufen«, sagte er und lächelte gütig zu Martin hinüber. Sie schüttelten sich die Hände und umarmten einander.

Am nächsten Tag rief er ihn zu sich. »Du wirst in den ersten sechs Wochen keinen anständigen Lohn von mir bekommen können«, eröffnete er Martin. »Freies Wohnen, Verpflegung und ausreichend Wein sind weiterhin garantiert.« »Sono d'accordo«, radebrechte Martin. Sie waren sich einig und besiegelten das mit einem kräftigen Handschlag.

»Hey Pietro, wie hast du dir das denn gedacht?«, fragte Luigi, der Maurer aus dem Ort. Ludovico und er kannten sich seit Jahren. Und für eine Kiste Chianti oder auch vom Süßen war seine Hilfsbereitschaft unerschöpflich. Aber mit Pietros Vorstellungen von einer originellen, etwas unkonventionellen Wohnung für einen jungen Deutschen konnte er nichts anfangen. »Spinnerei« nannte er gemauerte Rundbögen, die Rundungen von Weinfässern imitierten. Oder gar Fensteröffnungen, die Flaschenböden ähnelten. Pietro blieb hart und ließ sich nicht umstimmen. Luigi hob die Hände und ergab sich. Die Aussicht auf die Kiste Wein hatte seinen Widerstand gebrochen. »Wie kannst du Tische, Stühle und ein Bett aus dem Holz von Weinstöcken von mir erwarten? Das wird doch alles krumm und schief«, zeterte Vincente, der Tischler. Pietro ließ sich nicht erweichen. »Du schaffst das schon«, schmeichelte er ihm. Zwei Kisten Chianti waren sein Preis.

Die Einrichtung des Badezimmers überließ der Architekt Martin. »Bitte«, hatte der gefleht. Und er bekam Waschtische, Badewanne und eine Dusche aus sandfarbenem Marmor, durch den sich weiße Äderchen zogen, unauffällig, aber sichtbar. Eine oder zwei Kisten Wein als Bezahlung reichten diesmal nicht. Und Ludovico fuhr zur Bank. »Ciao Ludocico«, begrüßte ihn Antonio, sein langjähriger Betreuer bei der Banca Monte dei Paschi di Siena. »Was kann ich für dich tun?« »Ich habe einen Winzer aus Deutschland eingestellt. Ihm will ich eine Wohnung auf meinem Gut einrichten.« »Gute Idee«, meinte Antonio. »Das kann deinem Unternehmen sehr nützlich sein.« »Bloß, für sein Bad hat der junge Mann luxuriöse Vorstellungen. Die will ich ihm nicht abschlagen. Er ist mein Freund.« »Wie viel brauchst du denn? Wir helfen gern.« »Nun, so 15000 Euro können es schon werden«, erwiderte Ludovico. »Da mach dir mal keine Sorgen. Unser Haus kennt deinen Laden und weiß das Geld in guten Händen«, beruhigte ihn Antonio. Ludovico atmete auf. »Grazie«, sagte er und verließ die Bank mit einem Lächeln auf dem Gesicht. »Du bekommst das Bad, das du dir wünschst«, eröffnete er Martin, als er zurück war. »Mille grazie«, strahlte der und verbeugte sich. »Ja«, ergänzte Ludovico, »wir sind Freunde, aber ich bin auch dein Chef«, fügte er hinzu. Martin nickte.

Die neue Wohnung wuchs. Pietro dirigierte und die Handwerker spielten allegro. Zwei Wochen kreischten die Sägen, hämmerten die Hämmer, malten die Pinsel und bohrten die Bohrer. Martin verließ das Gästezimmer und zog in seine Wohnung.

13

Die erste Nacht dort brachte keinen Schlaf. Martin lag wach und starrte mit offenen Augen und klopfendem Herzen an die Zimmerdecke. Er war dort angekommen, wohin es ihn gezogen hatte.

Zurückgelassen hatte er etwas, dessen Verlust ihn schmerzte. Viola bemächtigte sich seiner Gedanken. Sie verscheuchte den Schlaf, sobald er ihm die Lider niederdrückte. Er riss die Augen wieder auf und wälzte sich im Bett, dessen Beine, gezimmert aus trockenen Rebstöcken, einen geraden und wackelfreien Stand gewährten. Im frühen Morgengrauen siegte endlich ein bleierner Schlaf über sein Gewirr aus Gedanken und Gefühlen.

Um sieben piepte der Wecker seines Smartphones. Der erste Arbeitstag auf Ludovico Rossis Weingut war angebrochen. Die Sonne stach gleißend aus dem tiefblauen toskanischen Himmel. Eine frische Brise vom Meer kühlte Martins erhitzten Kopf. Die dunklen Ränder um seine Augen vermochte sie nicht zu verscheuchen. »Guten Morgen, Martin, du siehst müde aus. Keine erholsame Nacht gehabt?«, begrüßte ihn Ludovico. »Nee, nicht so richtig«, erwiderte er. »Musste immer an Sanssouci denken.« »Hast du schon Heimweh?«, fragte Ludovico nach. Martin antwortete nicht und zuckte mit den Schultern. »Arbeit ist das beste Mittel gegen Heimweh. Wir haben genug davon. Du kannst gleich anfangen.«

»Okay«, sagte Martin. Er marschierte los. Rein in die Berge, die hier Hügeln glichen. Steile Hänge gab es nicht. Seine Augen wanderten über die dicht stehenden Rebstöcke. Hier und da wiegte er eine Traube in den Händen und zupfte eine Beere ab. Er lutschte sie zuerst wie ein Bonbon, um sie dann mit der Zunge sanft am Gaumen zu zerdrücken. Er schmeckte eine samtige, unaufdringliche Süße. Der Geschmack füllte den Mund aus. Eine leichte Meeresbrise verfing sich in den Haaren und kühlte sein Gesicht. Er vergaß die schlaflose Nacht. Allein Viola blieb. »Sie passt perfekt hierher«, murmelte er vor sich hin. Und die Sehnsucht pochte brennend in seinem Herzen.

Weinarbeit stand an. Der Sommer ging allmählich zu Ende. Das warme Licht des späten Nachmittages übergoss das Weingut und seine Felder mit dem goldroten Schimmer eines in der Sonne gereiften Rotweines.

Die Lese des Chianti wurde vorbereitet. Ludovico bat Martin, zu überprüfen, ob die Trauben die Erntereife erreicht hätten. Er marschierte los. Er reckte die Brust vor und hob den Kopf. Dass er schon jetzt eine Aufgabe übernehmen sollte, die über Wohl und Wehe eines ganzen Jahrgangs mitentschied, ließ sein Herz höher schlagen. Die Angst, Ludovicos Ansprüchen nicht gerecht zu werden, marschierte mit.

Behutsam nahm Martin jede Traube rechts und links seines Weges in die Hand und prüfte ihren Reifegrad. Das dauerte. So lange, dass ihn um ein Haar die Dunkelheit den Weg versperrte. Im Finstern erreichte er das Weingut. Die letzten Meter tastete er sich, seiner Erinnerung folgend, an den Rebstöcken zurück. »Ich freue mich über deine Sorgfalt«, empfing ihn Ludovico, »allein Stichproben hätten auch gereicht.« Martin errötete. Er vermochte zwischen Lob und Tadel nicht zu unterscheiden.

Am nächsten Morgen, früh um sechs, schlug er die Bettdecke zurück und stolzierte etwas wackelig auf den Beinen in das Badezimmer seiner neuen Wohnung. Es war gestaltet, wie er es sich gewünscht hatte. »Danke Ludovico«, flüsterte er. Dann verließ er die Wohnung.

Es schepperte. Martin zuckte zusammen. Er war gegen ein silbernes Tablett gestoßen. Auf ihm stand eine Tasse mit tiefschwarzem Espresso. Daneben ein gesüßtes Hörnchen und eine Karte. »Guten Morgen, Martin« hatte Francesca darauf gemalt. Der Espresso ergoss sich auf den Boden. Er erschrak. Hastig sammelte er die Scherben der zerbrochenen Tasse auf. Mit betrübtem Gesicht trug er sie hinab in die Küche. »Wie dumm von mir«, lachte Francesca. »Ich hätte dir Bescheid geben sollen.« Sie stellte ihm ein neues Tablett mit Frühstück hin .«Grazie, Francesca«, sagte er. Dann aß und trank er. Sie lächelte und sah ihm zu. Martin verließ die Küche und eilte in den Weinberg. Dort erzog er die jungen Triebe zu geradem Wuchs. So, wie er es Hunderte Mal in Sanssouci getan hatte. Zügig fixierte er sie mit Kunststoffklammern zwischen zwei Drähten entlang der Rebhilfen. Er verstand sein Handwerk. Ludovico registrierte es wohlwollend. Er winkte ihm von der Einfahrt zu und lachte. »Martin wird mir eine große Hilfe sein«, sagte er zu sich und schmunzelte. Ludovicos Freund kniete sich rein. Er bearbeitete den Boden, pflegte die Rebstöcke, reinigte die Fässer und wartete und reparierte die Maschinen. Der schon in die Jahre gekommene Fiat-Traktor hatte es ihm angetan. Jede freie Minute schraubte er an ihm herum, wechselte die Zündkerzen, füllte Öl und Diesel nach. Er polierte das Gefährt, bis sein Glanz dem Schimmern des roten Chianti glich. Das »Fiat-Rot« gefiel ihm nicht. Es war heller als der Wein. »Ludovico, können wir den Traktor dunkler lackieren?« »Dann sähe er aus wie unsere Trauben.« »Na, jetzt übertreibst du aber«, entgegnete der, hob abwehrend die Hände und lachte. »Schade«, meinte Martin, »war nur so`ne Idee.« »Okay, kannst du machen«, lenkte Ludovico ein. »Erwarte aber nicht, dass ich dir dabei helfe.« »Und den Lack musst du selbst kaufen.« »Unsere Sprühpistole kannst du benutzen, wenn sie danach noch zu gebrauchen ist.« »Danke, Chef«, sagte Martin und grinste ihn an.

Am nächsten Morgen schwang er sich auf den Fiat-Traktor und tuckerte Richtung Siena. Das helle Rot der Hausfarbe des italienischen Autobauers, das den Trecker schmückte, wollte er tauschen gegen Chiantirot. Für die Strecke brauchte er eineinhalb Stunden. Gemächlich ließ Martin die liebliche Landschaft der neuen Wahlheimat an sich vorüberziehen. Er hatte keine Eile. Auf seinem Gesicht breitete sich eine heitere Gelassenheit aus. Die Lippen umspielte ein Lächeln. Der breitkrempige Strohhut schützte ihn vor der Sonne. Schemenhaft tauchte am Horizont die Silhouette von Siena auf. Sein Herz schlug schneller. »Würde er die Worte finden, um den passenden Lack zu kaufen?«, fragte er sich. Seine italienischen Sprachkenntnisse beschränkten sich auf Bruchstücke. Er tuckerte in die Stadt und steuerte das Zentrum an. Die Piazza del Campo war dicht bevölkert. »Alles Touristen«, nahm er an. Um den Platz herum entdeckte er zahlreiche Geschäfte. »Da werde ich schon was Passendes finden«, beruhigte er sich. Er parkte den Trecker in einer Nebenstraße und lief zu Fuß weiter. Er klapperte jeden Laden ab und fragte nach einem Geschäft für Farben und Lacke »Negozio di vernici e vernici«, brachte er mit Hilfe der Übersetzungssoftware seines Smartphones zustande. Als Antwort erhielt er meist nur ein bedauerndes Kopfschütteln. Bis er auf einen leidlich Deutsch sprechenden Verkäufer in einem Andenkenladen traf. Martin atmete erleichtert auf. Der schickte ihn ein paar Straßen weiter zu einem Geschäft, an dessen Fassade der deutsche Hinweis »Farben, Lacke, Künstlerbedarf« prangte. Martin konnte es kaum fassen und trat ein. Er traf auf eine junge Frau. »Was kann ich für Sie tun?«, sprach sie ihn an. »Nun«, hob er zaghaft an. »Ich will einen Traktor umlackieren. Er hat das typische Fiatrot. Das ist zu hell. Er soll aussehen wie ein Rotwein. Am bestern wie ein Chianti hier aus der Region.« »Also satt und dunkel«, hakte sie nach. »Ja, genau«, rief er begeistert und sah sich verstanden. Die Dame griff in ein Regal und holte eine voluminöse Dose hervor und hielt sie ihm hin. »Genau so«, sagte Martin und lachte. »Das freut mich«, erwiderte sie und stellte sich ihm als Maria Schneider, Inhaberin des Geschäfts vor. »Wie kommt man dazu,«, fragte Martin, »als Deutsche hier in Siena einen Laden für Farben und Lacke zu eröffnen?« »Das ist schnell erklärt«, erwiderte Maria. »Mein Mann und ich haben in Köln ein vergleichbares Unternehmen geführt. Dann hat uns eine unstillbare Sehnsucht nach der Toskana gepackt und wir fuhren los. Hier sind wir auf eine vielköpfige deutsche Grafittiszene gestoßen. Die Idee war geboren.« Martin nickte. Maria erklärte ihm, wie er mit dem Lack umzugehen hatte. Er bedankte sich vielmals und verließ den Laden. »Viel Erfolg«, rief Maria ihm nach. Er reckte zum Dank den Arm in die Höhe.

Martin schwang sich auf den Traktor und tuckerte zurück zum Weingut. Auf der Fahrt spielte er in Gedanken die einzelnen Schritte durch, die ihm Maria Schneider zur Neulackierung des Traktors erläutert hatte. »Das kriege ich hin«, sprach er in den sommerlichen Himmel. Den schmückten einzelne dicke, weiße Kumuluswolken. Sie strahlten Zuversicht aus.

Sein Smartphone summte. Er bemerkte es nicht gleich. Das Tuckern des Motors füllte die Ohren aus. Er lehnte sich in seinem Sitz zurück und schob die Hand in die rechte Hosentasche. Dort steckte sein Mobiltelefon. Dessen Vibrieren kitzelte ihn in der Handfläche. Es signalisierte einen Anruf. Er nahm das Telefon in die Hand. Aus dem Display heraus schaute ihn eine lachende Viola an. »Hi«, sagte er. Mehr kam ihm nicht über die Lippen. Sein Atem stockte und er hatte Mühe, den Traktor auf der Straße zu halten. »Martin«, flüsterte Viola, »Mein Mann und ich haben uns getrennt.« »Warum?«, fragte er. »Meinetwegen?« »Ja, unser Verhältnis hat wahrscheinlich den Ausschlag gegeben, aber wir hatten uns schon lange nichts mehr zu sagen.« »Und nun?«, hakte er nach. »Ich habe so eine schreckliche Sehnsucht«, hauchte Viola ins Telefon. »Dann komm«, sagte Martin. »Ich schicke dir meine Adresse.« »Ja«, seufzte Viola.

Martin gab Gas und holte aus dem bejahrten Traktor heraus, was möglich war. An dessen neue Farbe verschwendete er jetzt keinen Gedanken mehr. Sein Herz schlug so laut, dass es das Tuckern des Motors übertönte. Eine Stunde würde es dauern, bis er Ludovicos Weingut erreichte. Es ging ihm nicht schnell genug. »Wie wird er reagieren, wenn er erfährt, dass Viola kommt?«, fragte er sich. Die Weinberge kamen näher und bald zeichneten sich die Umrisse des Guts im diffusen Licht des Nachmittages ab. Martin gab dem Traktor Sporen, bis das Kühlwasser kochte. Er kam an und bugsierte das Gefährt in die Garage. Dampf schoss aus ihm hervor. Dann starb der Motor und es war still. Mit ungelenken Bewegungen stieg er vom Traktor, stakste über den Vorplatz zum Weinkeller. Er traf auf Ludovico, der, aufgeschreckt von den alarmierenden Geräuschen, aus dem Haus getreten war. »Na, Martin, hast du unserem Trecker zu viel zugemutet?« »Ja, habe ich wohl«, erwiderte er mit zittriger Stimme. »Ist nicht weiter schlimm«, tröstete Ludovico. »Wir lassen ihn über Nacht abkühlen und morgen bekommt er frisches Wasser. Dann tuckert er wieder.« Martin atmete auf. Unschlüssig sah er Ludovico an. »Ist noch was?«, fragte der ihn. »Ja«, druckste er, »Ich habe dir doch von Viola erzählt.« »Ja, was ist mit ihr?«, hakte Ludovico nach. »Sie will mich besuchen kommen. Ist das okay?« »Na klar«, meinte der Weingutsherr. »Sie ist herzlich willkommen. Genau wie du. Francesca wird sich freuen.« Martin strahlte. »Danke«, sagte er. Und schüttelte ihm die Hand. »Du hast deine eigene Wohnung und kannst machen, was du willst. Aber, vergiss vor lauter Liebestaumel deine Arbeit auf dem Gut nicht«, fügte er hinzu. »Ich verspreche es«, erwiderte Martin lachend.

14

Am folgenden Morgen fiel er über den Traktor her. Er hielt sich an Maria Schneiders Anleitung. Mit der motorgetriebenen Drahtbürste entfernte er in mühevoller Arbeit die bisherige Lackierung. Er hatte sie zuvor gründlich abgewaschen. Dann grundierte er mit Klarlack. Er ließ ihn trocknen. Martin schwitzte. Er setzte sich für ein paar Minuten in den Schatten der Garage. Nach wenigen Sekunden sprang er auf, rannte zum Traktor und füllte Kühlwasser auf. Mit klopfendem Herzen drehte er den Zündschlüssel herum. Der Motor röchelte, dann lief ein Zittern hindurch. Gefolgt vom wohlvertrauten Tuckern. Die Maschine funktionierte und Martin lächelte.

Er widmete sich rasch wieder der Außenhaut. Bald glänzte der Traktor silbrig wie ein frisch gefangener Fisch. Die Grundierung klebte feucht am Finger, mit dem er sie geprüft hatte. Er schob das Gefährt nach draußen in den Wind und wartete.

Auf dem sandigen Vorplatz knirschten die Reifen eines bremsenden Autos. Viola stieg aus dem Taxi. Sie rannten aufeinander zu und fielen sich in die Arme. Sie ließen sich nicht mehr los.

Und draußen in den Bäumen krächzten keine Krähen.